古代朝鮮と万葉の世紀

朴春日

Pak Chun Il

影書房

古代朝鮮と万葉の世紀

目次

古代朝鮮と万葉の世紀

序章

一

『万葉集』全二十巻は、現存する日本最古の和歌撰集であり、「日本人の心のふるさと」としていまなお愛誦され、「民族詩の金字塔」として世界に誇る詩華集である。

確かに、五世紀初頭から八世紀中葉までの和歌四千五百余首を収めた『万葉集』は、天皇・貴族・官僚らの支配層から、農民・兵士・遊女・流浪民に至る貧民層の無名歌まで網羅し、人間の喜怒哀楽を詩情豊かに歌い上げた世界に類例のないアンソロジーと言えるだろう。

その『万葉集』は今日、英語・フランス語・チェコ語・中国語・朝鮮語・ドイツ語（抄訳）・ポルトガル語（抄訳）などに翻訳され、世界の人々にも広く読まれている。

なかでも『英訳万葉集』（滝清一ほか・岩波書店刊）は一九四〇年に刊行され、『韓訳万葉集——古代日本歌集』（金思燁・成甲書房刊）は一九八四年に出版されて国際的な関心の高さを示しているが、それらについては、また後でふれたい。

しかしそうした反面、『万葉集』はその形成年代と書名・万葉仮名・撰者・歌人などをめぐって、未だに多くの謎を秘めているばかりか、約半数を占める作者未詳の歌と解釈不明の歌を擁するなど、未解決の諸問題を抱えているのもまた事実である。したがって、当然のことながら『万葉集』に関する研究は古代から現代に至るまで延々とつづいているが、第二次世界大戦後の万葉研究史を振り返ってみると、それには幾度かの「万葉ブーム」とでも言うべき時期があったことに気づく。

そこで、その主な事例を選んでみることにするが、戦後の日本に最初に大きな話題を提供したのは、歴史学者の安田徳太郎氏による『万葉集の謎』（一九五五年刊）という著作であった。この書物は、日本語の起源をヒマラヤ奥地のレプチャ語に求めるというまさに奇想天外な発想で、安田氏の説によると、まず『万葉集』という書名自体が、「マン（歌）・ヨー（すぐれた）・シュー（集めたもの）」という意味であって、所収の万葉歌もすべて、この「古代ヒマラヤ語でうたわれた」というものであった。喧々諤々の論議が起こったのは言うまでもない。

つぎに大きな反響を呼んだのは、「梅原日本学」で有名な梅原猛氏の著書、『水底の歌』（一九七三年）と『さまよえる歌集』（一九七四年）で、前者は柿本人麻呂《かきのもとのひとまろ》の流罪・刑死説をめぐって、後者は山部赤人《やまのべのあかひと》論をつうじて『万葉集』の実像と成立問題に迫まるきわめて意欲的な研究であった。

とくに柿本人麻呂と言えば、『万葉集』を代表する宮廷歌人であり、「歌聖」とまで讃えられた人物であるが、その人麻呂が非業の死をとげていたという驚くべき新説は、万葉学界ばかりでなく、一般の万葉ファンにも大きな衝撃を与えたものである。

二

つづいて、まず万葉学界の大きな注目を浴び、万葉ファンの耳目をゆるがせたのは、『万葉集』に対する独創的なアプローチを試みながら、新たな研究成果を生み出して「中西万葉学」と評された中西進氏の学説であった。

それはひとことで言って、『万葉集』の形成・発展・開花の歴史と、古代朝鮮との深い関わりを論証するという、まったく新しい視点に立った研究の成果であった。

その主な論旨は、「白村江以後——万葉集の形成と渡来者」（『東アジアの古代文化』一九七六年）や、「万葉集における古代朝鮮」（『三千里』一九七八年）などで明らかにされているが、それらの新しい見解が内外の強い関心を呼び起こしたのはもちろんである。

中西氏はこれらの論文において、六六三（天智二）年八月の「白村江《はくすきのえ》の戦い」（錦江《クムガン》の戦い）で大敗を喫した百済《ペクチェ》（くだら）と倭国《わこく》側、そしてその後、倭国へ多数亡命した百済の王族・貴族・高官らと、その後裔たちの波乱にみちた生涯を多角的に追究している。

そうした研究にもとづいて、中西氏は『万葉集』に登場する著名な歌人・山上憶良《やまのうえのおくら》をはじめ薛妙観《せちのみょうかん》・吉田宜《よしだのよろし》・椎野長年《しいのながとし》・麻田陽春《あさだのやす》・額田王《ぬかたのおおきみ》・沙弥満誓《さみのまんせい》らを取り上げ、彼らが朝鮮渡来の氏族であったという重要な史実を明らかにしたのであった。中西氏の所論はつぎのようである。

「そもそも、万葉集を出発せしめたものが、古代朝鮮からの衝撃力であった。……あの白村江の戦いがなければ、万葉集もなかったかも知れない。天智二年（六六三）、唐に対して最後の抗戦を挑んだ百済は、倭の救援も空しく大敗を喫する。よって百済の政府高官たちは倭に亡命、倭の朝廷は彼らを迎えて後退した戦線をこの国土に敷くこととなった。……その結果、百済の文化を倭がひきつぐという形で、歴史が流れていった。その中に登場したのが万葉集である。」

まさに衝撃的で傾聴すべき見解であるが、こうした中西氏の『万葉集』に対する独創的なアプローチが、万葉学界ばかりでなく、一般の万葉ファンにも少なからぬ衝撃を与え、波紋を呼んだのは言うまでもない。

つぎに注目されたのは、前述の論文と同時期に発表された歴史学者・上田正昭氏の「万葉の歌と渡来人」（『国文学』一九七八年）であった。

上田氏はこの論文で、「『万葉集』のなかには、渡来人とその後裔者の歌がかなりある」と前置きし、調首淡海《つきのおびとおうみ》・楽浪河内《さざなみのこうち》・吉田宜・麻田陽春・余明軍《よのみょうぐん》・田辺史福麻呂《たなべのふひとさきまろ》らを取り上げ、彼らの出自と作品に言及して、つぎのように述べている。

「……和歌の世界において渡来人の氏族が予想以上に大きな役割をはたしているのはなぜか。そこには、史あるいは史部らの渡来人によって、すでに母国で漢字を朝鮮語のシンタクスによって配列する方法が工夫されていたのを、日本語の文字表記や文字表現にも適用したプロセスが考えられる。日本列島の智識層が漢字と中国語や朝鮮語を学び、渡来人が日本語を消化し吏読（注：古代朝鮮で漢字の音訓を借りて朝鮮語を記すのに用いた表記法）風に表現する、それらのまじわりのなかで、口頭伝承の世界に属した歌謡が文字に定着した歌詞の世界を生み出す。……」

歴史学者の朴鐘鳴《パクチヨンミヨン》氏は、その史《ふひと》についてつぎのように述べている。

「日本の古代、神話が文字として定着する時代、それを担ったのは『史《ふひと》』氏――文学、記録の専門担当官吏――であった。／八世紀までの『～史』を名乗る集団は六九氏ある。そのうちの約五〇氏（七〇％強）の出自が朝鮮である。／そもそも、文字を日本に伝えたのは百済であり、史氏の約七〇％が朝鮮出自なのであるから、日本の神話に朝鮮的要素が色濃く表出されることも、さして異とする程のこともないであろう。」（『海峡を越えて――前近代の朝・日関係史――』二〇〇二年刊）

確かに、朝鮮渡来の史たちは、母国語の漢字表記法を用いて倭国で活用し、万葉歌創造の先駆的な役割を果たしたのである。

こうして『万葉集』は、七～八世紀頃の朝鮮と倭国・唐などとの歴史的・政治的波瀾と激動の中で形成され、朝鮮渡来の多くの学者や僧侶、文雅の士人たちの努力によって、世界的な文学遺産にまで発展したと言えるであろう。

三

いささか私事にわたるが、いまになって改めて振り返ってみると、私と『万葉集』との初めての出会いは、不運と言うべきだろうか、不幸なことに、あの熾烈をきわめた太平洋戦争末期のことであった。

当時、秋田県の国民学校の生徒であった私は、日本の敗戦が目前に迫り、戦死した兵士たちの

「英霊」が自分の故郷へ帰るたびに、全校生といっしょに駅前通りに整列させられ、町民とともに、重々しい「海行かば」の歌を斉唱させられたものである。

海行かば　水漬《づ》く屍《かばね》
山行かば　草生《む》す屍
大君の　辺《へ》にこそ死なめ
顧みは　せじ

この歌を音楽の時間に教えられていた私は、もちろんその歌詞の意味など知るよしもなく、ただ漠然と、それは戦死者の死を悼む葬送の歌であろうというふうに考えていた。

そうして『万葉集』の何たるかも知らず、中学・高校では教科書で、山部赤人・柿本人麻呂・額田王・山上憶良の名歌を学んだが、その歌を朗詠する老教師の口語訳と感慨を理解するのが精いっぱいの授業であった。

しかし戦後、東京の大学で学ぶことになった私は、『古事記』や『日本書紀』などの古典の講義をとおして、しだいに古代朝鮮と日本の歴史関係がきわめて深く濃密であったという史実を知るようになった。こうして『記・紀』の歌謡から『万葉集』へと読み進むうちに、「高麗剣《こまのつるぎ》」や「百済《くだら》の原」、「韓藍《からあい》」や「新羅《しらぎ》の国」などという古代朝鮮の国名や地名、名詞や人名などを含む作品に数多く出会い、その解釈に夢中になったものである。

その当時、なかでも印象深かったのは、『万葉集』巻第三の挽歌「大伴坂上郎女《おおとものさかのうえのいらつめ》の、尼理願《りがん》が死去《みまか》れるを悲しび嘆きて作れる歌一首　并せて短歌」（四六〇～四六一）であった。「栲綱《たくつの》の新羅の国ゆ……」で始まるこの挽歌は、新羅の尼僧・理願が大納言大伴卿の家に十余年間、身を寄せていたが、天平七（七三五）年に急病で黄泉の国へと旅立ってしまったことを嘆き悲しんだ作品である。

百済の聖王が倭国へ仏教を伝えたのは五三八年（『元興寺縁起』）のことだという。以来、百済・高句麗・新羅の高僧たちが次々に渡来して、仏教の興隆に尽くした史実は広く知られているが、理願の場合も、そうした仏教交流の中で生きぬき、死を迎えたものと解釈したりした。

つぎに興味をひいたのは、巻第四の麻田陽春の短歌で、「韓人《からひと》の衣染むとふ紫の情に染みて思ほゆるかも」（五六九）である。

歌の大意は、韓人（加羅人）が独特の染色法で染める紫の色のように、心にしみて忘れがたいことよ、であるが、見落とせないのは、やはり麻田陽春の出自であった。注釈書を調べてみると、彼はもと「答本《とうほん》陽春」と名乗っていたが、その答本氏は百済系の渡来人で、彼の出自は百済国朝鮮王淮であり、神亀元（七二四）年に麻田連《あさだのむらじ》姓を授けられたという。

このような知見の積み重ねから、私は『万葉集』には古代朝鮮と関わる地名や人名、名詞や固有名詞、故事や風俗だけでなく、朝鮮渡来系の歌人が少なからず名をつらねているという史実を知るようになったのである。

こうして『万葉集』における朝鮮像の端緒を見いだした私は、やがて前記したあの「海行かば」

の歌が、じつは巻十八の大伴家持の長歌「陸奥国より金《くがね》を出せる詔書を賀《ほ》ける歌」の中の一節であったということに気づいた。

すでに明らかなように、この長歌は家持が天平二十一（七四九）年四月、東大寺大仏の鍍金《メッキ》用の黄金が陸奥国から産出されたことを寿《ことほ》ぐ詔書に接し、それを祝賀した作品であるが、このとき聖武朝に黄金九百両を献上したのは、陸奥国守・百済王敬福《くだらのこにきしきょうふく》という人物であった。むろん彼は朝鮮渡来者の後裔であった。

その敬福の黄金献上に歓喜した聖武天皇は、年号を「天平感宝」と改元し、敬福には従三位を授けて宮内卿に任じ、河内国守に抜擢したりしたが、家持はそうした慶事を寿ぎ、大伴氏一族の忠誠の「言立《ことだ》て」（誓言）として、「海行かば……」を歌い上げたわけである。

したがって、この大伴氏の言立てが、後世の侵略戦争の戦死者を葬送する歌などとは、まったく縁もゆかりもなかったことは、あえて言うまでもないであろう。

四

では、この大伴氏の言立てを、あの第二次世界大戦中に、戦意高揚の歌として、戦死者葬送の歌として日本国民に強いたのは誰だったのだろうか。

それは言うまでもなく、当時の日本帝国軍隊の指導部であるが、その経緯には意外な、つぎのような事実が隠されていた。

すなわち「海ゆかば」は、「一九三八年（昭和十三）、日本放送協会が国民精神強調のために、信時潔に委嘱し作曲された。……第二次世界大戦中は『君が代』につぐ国民儀礼の歌としてうたわれ、戦争末期には、戦死・敗戦の報道に用いられた」（『大日本百科事典』小学館版）というのである。

なお、それ以前の一八八〇（明治十三）年には、宮内省の伶人《れいじん》（楽人）東儀季芳の作曲による海軍儀式歌の「海行かば」があったという。

ともあれ、第二次世界大戦中、日本国民にこの歌を戦意高揚歌として、戦死者の葬送歌としてうたわせたのは、他ならぬ帝国日本の軍部だったのである。

そういう意味で記憶に残ったのは、歌人・馬場あき子氏のつぎの一文であった。

「私的な回想だが、私が万葉集に出会ったのは不幸にも戦争中のことで、『愛国百人一首』に組み込まれた万葉の歌であった。十四、五歳の頃の遠い記憶だが、いま覚えているのは『大君は神にしませば』という讃歌や『大まへつぎみ楯たつらしも』などの防衛の歌、生涯を励ます『網子ととのふる蜒《えん》のよび声』などの歌が防人のうたとともにあったことだ。」（「万葉集の現在的意味」『国文学』一九八一年）。（注・大まへつぎみ＝朝廷に仕える高官のこと。）

以上、見てきたように、かつて万葉の歌は理不尽な変歪と悪用の大被害をうけたわけであるが、そうした傷痕の歴史がいまなお疼いているだけに、古代朝鮮と『万葉集』の形成・発展・開花の歴史を今日の視点で、改めて明らかにしなければならないと考えるのである。

なお、本書の歌人名は基本的に『万葉集』中の通称を用い、必要に応じて公式名称も使用した。

そして他の人名と地名、品名などと同じく初出のものにルビを付したが、例外の場合もあること
を諒とされたい。

第一章　万葉の前夜

一　仏教と漢字の伝播

まずはじめに『万葉集』形成の前夜、すなわちその前史について、これまで見落とされがちだった史実をたどってみることにしよう。

万葉の前史を考える上で、きわめて重要な史実を示唆するのは、『隋書』倭国伝（魏徴撰・六五六年成立）のつぎの記事である。

「倭国は百済、新羅の東南にあり。水陸三千里、大海の中、山の多き島に居住す。……文字なし。ただ木を刻み、縄を結ぶのみ。仏法を敬い、百済の経典を求得して、初めて文字あり。」（傍点・筆者）

つまり、百済・新羅の東南方に位置する倭国には、元もと文字が無く、木の幹などにしるしを刻みつけ、縄で結び目をつくったりして物事を記録していたが、百済に経典を求め、それを得たことによって、はじめて文字に出会った、というのである。

ここで言う文字とは、もちろん漢字のことであるが、当時、無文字社会で暮らしていた倭人の

七支刀

場合、仏教の伝来と漢字との遭遇が、いかに大きなカルチャーショックを与えたかは、想像に難くない。

では、そうした倭の地へ続々と移住し、故国で信仰していた仏教を伝え、自国式の漢字文化を広めたのは、いったい誰であったろうか。

それはひとことで言って、高句麗・百済・新羅・伽耶などの古代朝鮮諸国の移住民集団であったが、歴史はまず、それらの支配層による公的な伝授・伝播を記録している。

たとえば、日本最古の寺院・法興寺（飛鳥寺）の『元興寺縁起』によると、百済の聖明王（聖王）が五三八（欽明七）年、欽明王朝に百済の仏像と経論を伝えた、という。

世にいう「仏教公伝」であるが、『日本書紀』（『紀』）の方は五五二年に伝来したとして、今日に至ってもその年代をめぐる論議はつづいている。

しかし、古代朝鮮の移住民集団は、すでに紀元前四世紀頃から倭の地へ移住し、先進的な稲作・金属文化と精神・生活文化を広めていたのであるから、彼らが開拓地で故国の「守り本尊」を拝むこと自体、倭人に対する「仏教私伝」を意味していたと言ってよい。

仏像研究家の久野健氏はつぎのように述べている。

「古代においては、大陸文化の多くは、朝鮮半島から日本に伝わった。仏教文化をはじめ、東アジアの優れた技術は、朝鮮半島から幾多の困難をのりこえて日本に渡ってきた渡来人たちによってもたらされ、日本文化の基礎が築かれた。」（『渡来仏の旅』）

すでに明らかなように、倭国では仏教の伝播と漢字の普及が同時的に進められたのであるから、文字の歴史をたどることも重要な意味を持つであろう。

その点について言語学者の樺島忠夫氏は、「四世紀末から五世紀初めにかけて、百済から漢字・漢文がもたらされ、日本の支配階級が学んだと推測されている」（『日本の文字』）と述べている。

確かに、奈良県天理市の石上《いそのかみ》神宮に伝わる、いわゆる神宝「七支刀《ななつさやのたち》」（国宝）の銘文は、そのよき実例である（注：『記・紀』は「七枝刀」と記す。）

この鉄剣は長さ七五センチ、剣身の両面には六十余字の漢文が金象眼されていたが、その銘文解釈をめぐり、これまで百済王が倭王に捧げたという「献上説」と、逆に倭王に与えたという「下賜説」が激しく対立してきたのは、周知のとおりである。

その問題点について、歴史学者の上田正昭氏は、つぎのような傾聴すべき見解を披瀝して注目された。

「なによりもこの銘文の書法は、上の者が下の者に下す下行文書形式であって、けっして『献上』を意味する書法でもなければ文意でもない。それは百済王が侯王（地方の領主）たる倭王にあたえたことを意味する銘文であった。」（『古代史の焦点』）

そして上田氏は、百済の近肖古王と彼の世子・貴須が三六九年、倭王のために「七支刀」を造って与えたとみなしたのである。

当時、高句麗に戦勝し、大陸の東晋と通好して全盛期を迎えていた百済は、倭国と国交を開くに当たって「七支刀」を倭王に授け、一種の盟主ぶりを示したかったに違いない。

ともあれ、こうして古代朝鮮と倭国の支配層の間でも、「仏教公伝」以前に、漢文による外交・交流が行なわれていたわけである。

一方、庶民層の間では、三重県嬉野町の片部遺跡から「田」の字が墨書された四世紀初葉の土器が出土した事実が物語るように、朝鮮渡来の開拓集団による漢字の生活化と普及が想像できるであろう。

二　王仁博士の偉業

倭国の文明開化を考える上で、百済王が派遣した王仁博士《ワンイン》の輝かしい業績と足跡は、まさに特筆に価する史実とみなすべきである。

日本でも「文字の神様」「文学の始祖」と崇敬された王仁博士であるが、まず『記・紀』に伝えられた彼の来日経緯とその後の活躍の跡をたどってみよう。（括弧内の人名は『古事記』）

応神天皇十五年秋、百済王（照古王）が阿直岐《あじき》（阿知吉師）という学者を（倭国へ）遣わしたので、天皇は彼を太子・菟道稚郎子《うじのわきいらつこ》の「学問の師」とした。

そして「百済には、そなたよりも優れた学者がいるのか」とたずねると、阿直岐が「王仁《わに》という賢人がおります」と答えたので、早速、荒田別らの使者を百済へ派遣した。

翌十六年春、その王仁が「論語十巻、千字文一巻」を携えて来日したので、天皇は彼を太子の師として学ばせた。

太子は王仁から多くの典籍について学んだ。

この王仁は博学で、あらゆる事柄によく通じていた。彼は文首《ふみのおびと》らの先祖である。……


以上であるが、この応神紀の注目すべき記事は倭国に初めて漢籍と漢字をもたらした史話、また日本の学問の起源を物語る伝承として広く知られている。

ところで『記・紀』の応神紀をひもとくと、この時期には高句麗・百済・新羅・任那（伽耶）からの倭国への渡来と交流・通好などの関連記事がきわめて多いことに気づく。

日本の「皇室系図」によると、応神天皇は神武天皇から数えて十五代目の天皇にあたるが、彼は日本の学者から「実在する最初の天皇」と位置付けられているように、応神以前の天皇については、すべて造作された存在とみなしてよいであろう。

したがって、ヤマト王権はこの応神大王から始まるというのが定説化しているが、その応神王朝の時代は四世紀後半から五世紀初にかけての時期と考えられている。

とすれば、王仁博士の来日もその間の出来事ということになろうが、その年代が未だに確定できないのは、本家本元の『三国史記』百済本紀には、どうしたわけか、王仁博士に関する記事が全然見当たらないのである。これは歴史が残した大きな謎と言うしかない。

そうしたことから、かつて日本の一部の皇国史観論者たちは、王仁博士を「架空の人物」、「伝説上の学者」、あるいは「漢の高祖の後裔」などとして歴史から葬り去り、彼の倭国における文明開化の偉業と足跡をも消し去ろうと画策したことがある。

しかし、『記・紀』が伝えているように、王仁博士は文首（書首とも書く）の始祖であり、その後裔にあたる各氏族は、歴史に名を残した秀れた人物を数多く輩出しているのである。

そして何よりも重要なことは、わが国の長年にわたる王仁研究の成果によって、彼の生誕地は全羅南道霊岩郡月出山麓の聖基洞であったことが確証され、現在、当地には王仁博士を顕彰する記念館が設けられ、国の史跡に指定されている事実である。

また、すでに参観された人も多いと思うが、大阪府枚方市藤坂元町の王仁公園には「博士王仁之墓」と「博士王仁墳」などが、そして東京の上野公園には「王仁頌讃碑」が建立されており、それぞれ毎年のように慰霊祭や記念祭が催されているのである。

三　「難波津の歌」

すでに述べたように、応神王朝から丁重に招請された「百済の賢人」王仁博士は、太子である菟道稚郎子の師となり、数多くの典籍を教授している。

そして、当然のことながら太子に、古今東西の歴史とその教訓を講義し、次代の倭王にふさわしい王仁流の帝王学をしっかりと伝授したに違いない。

しかしながら不思議なことに、その後の王仁博士の動静と足跡については、まるで歴史の表舞台から消されてしまったかのような印象を与えている。

そうして、これまた不思議なことに、その王仁博士の生前の足跡と事績が、なんとそれから数世紀も過ぎ去った平安時代、すなわち九〇五（延喜五）年の勅撰歌集『古今和歌集』に蘇っているのである。

周知のように、『古今和歌集』は醍醐天皇の命によって、紀貫之以下、四名の撰者たちが約一千首の和歌を二十巻にまとめた和歌集である。略して『古今集』ともいう。

紀貫之はその「仮名序」で、「やまとうたは、人の心を種として、万《よろづ》の言の葉とぞなれりける」と書き出し、和歌の本質と起源について述べたあと、有名な「難波津《なにはづ》の歌は、帝《みかど》の御初《おんはじめ》なり」と前置きしている。

つまり「難波津の歌」は、仁徳天皇の時代の始まりを祝福した歌であるとして、つぎのような古注を付記しているのである。日本側の現代語訳によって、その箇所を見てみよう。

「（難波津の歌は）仁徳天皇が、難波でまだ皇子であらせられた時、弟皇子と皇太子の位をお互いに譲り合って即位なさらず三年経ってしまったので、王仁という人が不安に思って、詠んで差し上げた歌である。」（日本古典文学全集『古今和歌集』校注・訳　小沢正夫　松田成穂。小学館刊）

見たとおり、王仁博士が「難波津の歌」を詠んだ経緯が語られているが、『紀』によると、応神天皇は弟皇子である菟道稚郎子を皇太子と決めて死去したが、彼は兄皇子の大鷦鷯尊《おおさざきのみこと》に皇太子の位を譲ろうとして即位しなかった、という。

そうして弟皇子はかたくなに、それを天命だとして自殺してしまったので、やむなく兄皇子が即位して仁徳天皇となった、と伝えているのである。

紀貫之はこうした「難波津の歌」誕生の背景を述べたあと、つぎに「安積山の歌」を挙げ、「この二首の歌は、歌の父と母であると言い伝えられ、手習をする人が真っ先に習った歌でもある」と述べている。

そして「歌の表現形式には六種類あり」、その第一が「そえ歌」であるとして「難波津の歌」を挙げているのである。

難波津に咲くや木《こ》の花冬こもり今は春べと咲くや木の花

（難波津に梅の花が咲いている。今こそ春が来たとて梅の花が咲いている。）

ちなみに難波津とは、いまの大阪・淀川の河口付近に位置し、潮流が急なため、浪速・浪花とも書いたが、五世紀前後には応神・仁徳王朝の宮殿があって大いに栄えたという。そして朝鮮・中国との交易・交流にも重要な役割を果たした港湾都市でもあったと見られる。

その「難波津の歌」はまさに「歌の父と母」として、「手習する人が真っ先に習った歌」であるが、事実、日本各地では「難波津の歌」を習書した七、八世紀の木簡や土器などが発見され、話題を呼んだものである。

その主な例を挙げると、徳島県の観音寺遺跡で発見された七世紀頃の木簡には、万葉仮名で

「奈尓波ツ尓作久矢己乃波奈……」と墨書されていた。

また法隆寺の天井裏からは、同じく「奈尓波都尓佐久夜……」と落書した大工のものと見られる手習歌が発見され、京都・醍醐寺の五重塔の天井板からも、その歌を墨書した落書きが発見されている。

こうした事実は何よりも、当時、倭国の王侯貴族や官吏、文人や僧侶ばかりでなく、一般庶民の間でも王仁博士の「難波津の歌」を「歌の父と母」として愛誦し、漢字を習得しながら万葉仮名を使用していたことを物語るであろう。

このように王仁博士は、まさしく日本の「文字の神様」であり、「文学の始祖」であったのである。

四　万葉のあけぼの

万葉の前史をたどる上で、『古事記』と『日本書紀』に収録された上代歌謡は、きわめて興味深い神話や伝説、物語などを伝えてくれている。以下『記・紀』歌謡という。

周知のように、『古事記』全三巻と『日本書紀』全三十巻は、現存する日本最古の歴史書であり、古代日本の歴史研究にとって、もっとも重要な位置を占めている。

まず『古事記』は、天武天皇の命により、稗田阿礼《ひえだのあれ》が誦習した「帝紀および先代の旧辞」を太安麻呂《おおのやすまろ》が撰録して七一二（和銅五）年、元明天皇に献上されたと伝えられる。

その上巻は「天地開闢《てんちかいびゃく》」から「天孫降臨」に至る神話を、中巻は神武天皇から応神天皇までの英雄伝説を、下巻は仁徳天皇から推古天皇に至る物語と歌謡などを収めている。

つぎに『日本書紀』は、『記』につづく七二〇（養老四）年、天武天皇の皇子・舎人《とねり》親王らが撰修し、元明天皇に献上した編年体の勅撰史書であるという。

同書は、神代から持統天皇末期までの、大和朝廷に伝えられた神話・伝説・諸記録から成っており、寺院の伝承や氏族の家伝、個人の記録などを数多く収めた「正史」である。

しかし『記・紀』ともに、その成立経緯と年代、収録された内容などに多くの謎や問題点があり、今日に至っても論議がつづいているのは周知のとおりである。

そうした多くの論点を内包しながらも、『記・紀』が古代の朝・日関係を研究する上で、きわめて重要な位置を占めているのは言うまでもない。

実際、『記・紀』には古代朝鮮と日本に深く関わる神話・伝説・物語・家伝・歌謡などの記事が頻出しており、それらを除いてしまうと、その史書自体が成り立たなくなるような印象すら与えている。

それらについては今後、折にふれて言及するつもりであるが、ここでは『記・紀』歌謡のうち、当時の朝鮮像をほうふつさせる歌を二、三、取り上げておこう。

まず応神紀の出来事だが、秦《はた》の造《みやつこ》の祖、漢《あや》の直《あたい》の祖である須々許理《すすこり》が渡来して故国の酒をつくり、応神天皇に差し上げたという。

すると、それを飲んだ天皇が、「須々許理が　醸《かみ》みし御酒《みき》に　我酔《え》ひにけり。事無酒《ことなぐし》笑酒《えぐし》に我酔ひにけり」とうたったのである。

言うまでもなく、この歌は倭国に酒造法を伝えた説話であるが、朝鮮渡来の豪族・秦氏が酒造の神を祀る京都の松尾神社を建立した話はよく知られている。

秦氏と言えば、『紀』に見える「太秦《うづまさ》は　神とも神と　聞こえ来る　常世《とこよ》の神を　打ち懲《きた》ますも」という歌がある。

これは秦氏一族の総帥・秦河勝が、東国の悪名高い豪族をこらしめた話を庶民が喜んで噂し合った様子をほうふつさせるであろう。

最後に、日本の「死者を傷む叙情詩としての挽歌《ばんか》の最初の記録として注目される」（大久保正・全訳注『日本書紀歌謡』）野中川原史満《ふびとみつ》の歌を二首、取り上げておこう。

この挽歌は、朝鮮渡来系の史《ふひと》（朝廷の書記官）であった野中川原史満が、中大兄皇子妃の死を悼んで、嘆き悲しむ皇子に捧げたものである。

山川に鴛鴦《をし》二つ居て偶《たぐひ》よく　偶へる妹《いも》を　誰が率《い》にけむ

本毎《もとごと》に花は咲けども　何とかも　愛《うつく》し妹が　また咲き出来《でこ》ぬ

これは皇子と妃をおしどりにたとえて、他界した妃の再生を願う心情がよく凝縮された挽歌である。

ちなみに、史は古代豪族が政治的・社会的地位を示すために世襲した称号の一つで「姓《かばね》」という。前出の造・直もそうであり、ほかに臣《おみ》・宿祢《すくね》・連《むらじ》・君《きみ》・村主《すぐり》などがあった。

ここで想起すべきは、大和朝廷で文書の作成と記録・通訳などの職務を専任した史であるが、彼らのほとんどは朝鮮渡来の氏族とその後裔によって占められていた事実である。

したがって、彼らが『記・紀』の撰修に深く関わったのはむろんであり、万葉のあけぼのを迎える上で、大きな役割を果たしたのは、あえて言うまでもないであろう。

第二章　『万葉集』の原像を求めて

日本の古典文学作品の中で、じつに千有余年の長い歳月を超え、もっとも総体的かつ分野別に精緻をきわめた研究がなされているのは、現存最古の歌集である『万葉集』をおいて他にないであろう。

周知のように、『万葉集』は漢文・漢詩・万葉歌など、すべての作品が漢字で書かれているため、その訓読には古来、多くの苦難を強いられてきた。

そこで平安時代の中頃、すなわち九五一（天暦五）年、村上天皇は宮中に撰和歌所を置き、歌人・源順《みなもとのしたごう》ら五名の文人に『万葉集』を訓《よ》み釈《と》く作業を命じたという。

こうして大部分の作品に初めて訓点（「古点」という）が付されたが、これが本格的な万葉研究の始まりを意味したのは言うまでもない。

その後、平安貴族の藤原道長らによる「次点」、そして鎌倉時代の学問僧・仙覚《せんがく》による「新点」がつけ加えられ、万葉歌のすべてに訓点が付されて、その心象風景が深く読み取れるようになった。

しかしそれ以後も、これらの訓点を新たな視角から見直して改訂する作業をはじめ、『万葉集』

の原像を細部にわたって解明する膨大な研究がつづけられ、今日に至っているのである。

このようにして、『万葉集』に関する研究書と著作、論文や随筆・小品などの出版物の数量は、文字どおり「汗牛充棟」そのものの観があるが、本章では、そうした万葉研究の変遷と成果にもとづいて、私なりに新たな考察を試みてみたいと思う。

一　書名と名義について

まず『万葉集』全二十巻の書名について見ることにしよう。

周知のように、いまでは誰もがこれを「まんようしゅう」と読んでいるが、『万葉集』形成の頃から今日に至るまで、その読み方はつぎのように変遷してきたと考えられている。

すなわち、当初は「まんえうしう」と読まれていたが、平安時代の初め頃には「まにえふしふ」、鎌倉時代には「まんえふしふ」、そして室町時代から江戸時代にかけては「まんにょうしゅう」と読まれていたという。

そこで、この書名を試みに朝鮮語音に置き換えてみると、「만엽집（マン・ヨプ・チプ）」となって、その類似性は識者によってすでに指摘されてもいるが、万葉仮名の誕生とも深く関わるだけに、こうした加音や連声の方法はきわめて興味深い問題を提起している。

つぎに、『万葉集』という書名の名義であるが、これについても古来、数多くの説が出され、いまなお論議はつづいていると言ってよい。

そのうち、もっとも代表的な説を挙げると、まず鎌倉中期の学問僧であった仙覚の「万《よろづ》の言《こと》の葉《は》」説、そして江戸前期の国学者・契沖《けいちゅう》による「万代《よろづよ》」説などがある。

しかし、今日ではそれがより深められ、「万葉学の第一人者」と評される中西進氏が説くように、「多くの（＝万）詩華（＝葉）を集めた（＝集）もの」（『万葉集』講談社刊）という意味とみなされ、これがほぼ定説化されていると言ってよいであろう。

その命名は平安時代の初め頃と見られているが、この書名は一見して、奇しくも筆者が本稿の序章でふれた安田徳太郎のレプチャ語説、すなわち「マン（歌）・ヨー（すぐれた）・シュー（集めたもの）」という説に酷似している。

この奇抜とも思われる着想が、戦後の日本で大衆的な「万葉ブーム」を生む一つのきっかけとなったのは確かであるが、もちろん、『万葉集』の名義とレプチャ語とは、とくに関係はないと見てよいであろう。

それよりも、ここで留意しておくべきことは、『万葉集』という歌集名には複合的な意味合いが含まれているという点である。

それについて前出の中西氏は、「『葉』には代・世の意味があるから、『万葉』と名づけられることによって、おのずから万代の後までも輝くべき歌集であるという祝福の意味がこめられることになる」と述べている。

では、その命名者はいったい誰であっただろうか。それは言うまでもなく『万葉集』の撰者とその成立時期に関する論議と直結する問題である。

二　歌集の撰者は誰か

『万葉集』は誰、あるいは誰々によって編集され、いつの時代に成立したのか？　という問題は、まさに「万葉集最大の謎」として、いまなお多くの論議を呼ぶ重要なテーマである。

そこで、その撰者、つまり編集者の問題から見ていくと、これまでの万葉研究で唱えられた諸説のうち、もっとも代表的な学説として、まず「平城天皇勅撰説」が挙げられていることに気づく。

この「勅撰説」は、言うまでもなく平安時代の前期、紀貫之らの撰によって成った『古今和歌集』の真名序に、「昔、平城天子、侍臣に詔《みことのり》して万葉集を撰ばしむ」とある記事にもとづいている。

この記述に登場する平城天皇とは、桓武天皇の第一皇子として八〇六（大同元）年に即位した安殿親王だが、彼はわずか二年で弟の神野（のちの嵯峨天皇）に譲位して不和に陥り、「薬子の乱」では出家しなければならない波乱の老後を送った。

しかし彼は文雅の士であったらしく、『凌雲集』に漢詩を、『古今和歌集』には「奈良の帝《みかど》」として、つぎのような一首を残している。

故里《ふるさと》となりにし奈良の都にも色はかはらず花は咲きけり

いまや平城京は荒涼たる廃都と化してしまったが、桜花の色は相変わらず美しく咲いているという哀惜のこもった歌であるが、退位してからの、古都への郷愁はひとしおだったのであろう。

二〇一〇年は「平城遷都一三〇〇年」にあたり、奈良では盛大な記念祭が催されたが、平城遷都から八〇余年後に、平城天皇が平安京の宮廷において『万葉集』の撰集を命じたという『古今和歌集』の記事は、やはり見落とすことのできない重要な史実とみなされている。

むろん異説もある。たとえば、その記事の「平城天子」は平城天皇ではなく、奈良の東大寺大仏建立で有名な聖武天皇を指すという見方であるが、これは平安末期の人々の認識を反映したものとみなされている。

三　大伴家持の私撰説をめぐって

つぎに、『万葉集』の代表的な撰者として挙げられているのは、江戸時代の国学者・契沖によって唱えられた「大伴家持《おおとものやかもち》私撰説」である。

この「私撰説」は、徳川光圀の依頼によって、『万葉集』の校訂・注解に取り組んで著した契沖の『万葉代匠記』で説かれている。

それはひとことで言って、『万葉集』全二十巻は奈良時代末期、大伴家持によって撰集されたということ、そして巻一から巻十六までは天平十六、七（西暦七四四、七四五）年頃、巻十七から二十までは天平宝字三（七五九）年頃に成立したという注目すべき所説であった。

このような契沖の精密な研究成果は、それ以後の万葉研究に、じつに大きな影響を及ぼしており、今日に至っても、その業績は研究者の間で高く評価されていると言ってよい。

こうした先学者たちの真摯な努力と研究にもとづいて、現代に至っては『万葉集』に対するつぎのような学説が生まれている。

「万葉集二十巻が大体の形態を整えたのは家持によってであり、その点では彼を撰者とすることができる」（久松潜一『和歌文学大辞典』）

「万葉集全二十巻がほぼ今日見る形で成り立ったのは、桓武朝の初期、天応から延暦にかけての時期（七八一～七八三）であり、その形成に直接かかわったのは、万葉末期を代表する歌人大伴家持であった」（伊藤博著『万葉集』角川文庫）

つまり『万葉集』の編纂者は大伴家持であり、成立の時期は平安朝の初期であったというのであるが、こうした見解が今日、通説として教科書などに敷衍されていることは、広く知られているところである。

このようにして、『万葉集』の撰者として確固不動の位置を占める大伴家持は、四千五百余首に及ぶ万葉全歌の約一割にあたる四百七十四首の歌を詠んだが、とくに巻十七、十八、十九、二十の四巻は、まるで彼の私家集のような印象を与えている。

しかも家持は、その『万葉集』全二十巻の最後を飾る、つぎのような歌（四五一六）を詠んで、作歌の表舞台から退いているのである。

新しき年の始めの初春の今日降る雪のいや重け《し》吉事《よごと》

七五九（天平宝字三）年一月元日、因幡守として赴任した家持が、官衙《かんが》で国郡司らを饗応したときに詠んだ寿《ことほぎ》の歌である。

正月の大雪は豊年の吉兆と言われるが、家持はこの歌を歌集の最後に置くことによって、『万葉集』が万代に伝えられることを祈念したのではないだろうか。

その最終歌から、すでに一二五〇余年の歳月が流れたが、問題となるのは大伴氏一族のルーツ、つまり家持の出自に関わる諸説である。

私は本稿の序章で、日本の軍歌「海ゆかば」の歌詞は、家持の長歌「陸奥国より金《くがね》を出せる詔書を賀《ほ》ける歌」（巻十八—四〇九四）の一節を抜き出して悪用したものだと書いたが、この一節の前に、大伴氏の祖先についての、つぎのような記述がある。

「……大伴の遠《とほ》つ神祖《かむおや》のその名をば　大来目主《おほくめぬし》と負《お》ひ持ちて仕へし官《つかさ》　海ゆかば……」

つまり、大伴氏の祖神は大久米主と呼ばれて、朝廷に仕えてきた官人であるから……というのだが、『古事記』と『日本書紀』は、大伴氏の祖神を天忍日命《あめのおしひのみこと》・道臣命《みちのおみのみこと》と伝えている。

また『記』は、大伴連《おおとものむらじ》と久米直《くめのあたい》は同じく朝廷の軍事を担ったとし、『紀』の方は大伴氏が久米直を統率していたと伝えている。

このように異伝もあるが、ここで見逃せないのは、大伴氏の祖先が「高句麗系氏族」であったという説（畑井弘著『物部氏の伝承』）が唱えられた事実だ。

まさに寝耳に水と思われる人もいるだろうが、こうした研究を踏まえて、「大伴氏は畿内の豪族の中でも最も早く渡来した氏族の一つであり、高句麗から百済を経て瀬戸内海から畿内に至った氏族と、同じ高句麗から新羅を経て東海から北陸路、畿内に入った氏の合体したものと考えられる」（権又根著『古代日本文化と朝鮮渡来人』）という、きわめて興味深い見解があることもまた見落とせない。

前述の家持の長歌は、天平二十一（七四九）年四月、陸奥国守であった百済王敬福《くだらのこにきしきょうふく》が、東大寺大仏の鍍金用の黄金九百両を献上し、聖武天皇がそれを慶賀する詔書を下したときの作品だが、朝鮮渡来氏族の壮挙を歓喜して見つめた家持の心情もにじみ出ていると思われてならない。

ともあれ、そうした新たな視点からも大伴家持の作品とその生涯を見ていく必要があるが、それらについては今後、折りにふれて述べていこうと思う。

四　菅原道真の『新撰万葉集』

周知のように、万葉研究は文字どおり日進月歩と言うべきか、新しい学説が引き続き生まれて話題となっているが、その中でも注目すべきは、すでにふれたように中西氏の所説である。氏はつぎのように述べている。

……「万葉集」の名が現れる最初は寛平五年（八九三）にかかれたとされる「新撰万葉集」の序文で、この時には「万葉集」という名で、先代の歌集がよばれていたことは、確かである。……九世紀における「万葉集」が、現行の二十巻であったかどうかはわからない。……「万葉集」が「二十巻」とはっきり記されて登場するのは、やっと十一世紀末、応徳三年（一〇八六）になって、「後拾遺集」の序文なのである。

この二十巻は、もう現在の二十巻と考えてよいだろう。それまでは、果たしていつから現在のような巻次をもって二十巻として完成していたか、不明なのである。こうしたあり方からすれば、全二十巻を一体として、撰者は誰か、いつ出来たか、編集意図は何であったか、といった問は、むしろ当を失した問ということになろう。

（『万葉集』講談社刊）

まさに注目すべき見解であるが、この文中に挙げられた『新撰万葉集』こそ、『万葉集』の原像に迫る「平城朝勅撰説」と「平安朝成立説」の当否を問う重要な一つの鍵となるのである。その『新撰万葉集』とは寛平五（八九三）年、宇多天皇ら主催の歌合における作品を、勅命によって菅原道真《すがわらのみちざね》が撰集したとされている。

と言うのは、この歌集には撰者や序文の作者名が記されていないからだが、『拾遺和歌集』では「菅家万葉集」と呼ばれ、『日本紀略』では「菅原朝臣新撰万葉集二巻を撰進す」と書かれているので、道真の撰集であることは間違いないと言ってよい。

そこで問題となるのは、道真の作と見られる『新撰万葉集』上巻の序文であるが、この難解な漢文を読み下した万葉学者の山口博氏は、「……家持は歌を集めて原稿を作っただけ。それを再編して道真は勅撰本万葉と私撰の数十巻万葉、そして万葉抄を作ったのです。」(『万葉集形成の謎』桜楓社刊)と結論づけている。

そして「道真再編説の先達」として中西進氏の名を挙げ、『万葉集』の形成史上、きわめて重要な意味を持つ道真の序文は「ようやく千年の眠りからさめたのです」と述べたのである。

山口氏によれば、これまで道真の「この序を多くの学者は無視して」きたという。そして「家持が現万葉を完成させたとする説からみると道真説は放逐されねばならなかったのです。生きていては都から追放され、死してまた放逐された道真、詩人の運命というものはこういうものなのでしょうか」と歎じている。

その菅原道真は、いまでも「学問の神様」「天神様」と尊崇されているが、彼は平安前期の学者として文章博士・参議などの要職を歴任し、寛平六(八九四)年、遣唐使に任じられたが、その廃止を建議して認められたという異例の官歴を持つ。

そして醍醐天皇のとき右大臣に昇進したが、藤原時平の讒言《ざんげん》によって太宰府に左遷され、その地で没するという悲劇の詩人であった。

だが、これは周知の菅原道真像で、彼が平安朝の対朝鮮外交、つまり高句麗の後継国家・渤海《パルへ》(ぼっかい)との親善交流で果たした大きな役割については、あまり知られていないようだ。

しかもその時期は、ちょうど道真の万葉歌への共感と憧憬、そして勅撰・私撰の『万葉集』と万葉抄本作成の時期と重なっているのである。つぎにそれを見てみよう。

五　渤海使との〝詩戦〟の中で

渤海と日本の国交は七二七（神亀四）年、大武芸王《テムエワン》の国書を携えた第一回使節・高仁義《コオインイ》一行の平城京入りによって樹立された。以来二〇〇余年間、渤海の友好使節は三十四回、日本の親善使節は十四回にわたって相互訪問し、政治・経済・文化交流を発展させている。

こうした交流史の中で、菅原道真が初めて渤海使迎接の任を命じられたのは八七一（貞観十三）年、第二十八回使節・楊成規《ヤンソンギ》一行のときであった。しかし折あしく道真は母の死に遭い、その任を辞したが、渤海国王に対する清和天皇の国書、外交文書の作成に携わったのであるから、やはり彼の文才は高く評価されていたのであろう。

つぎに、道真が渤海使節の迎接・饗応で晴れの表舞台に立ったのは八八二（元慶六）年、第三十回使節・裴頲《ペジョン》一行のときであった。

道真三十八歳。文章博士・治部大輔として渤海使との「詩文の応対」を命じられた彼は、嶋田忠臣と鴻臚館《こうろかん》で十二日間にわたり、盛大華麗な歓迎宴を催している。

このときの詩文の交歓は『菅家文草』巻七に詳しいが、道真らは秀れた詩才の持ち主とされた裴頲を強く意識して、それに対抗する策も練ったようである。

そうして、友好の酒杯を重ねながらの、両国の文人による〝詩戦〟が始まり、裴頲から「七歩の才あり」と褒められた道真は、「酔いて衣を脱ぎ裴大使に贈り　一絶を叙し寄せて以て之に謝す」、「夏の夜鴻臚館に於いて　北客の郷《くに》に帰るを餞《せん》す」と題する詩などを詠み、まさに「百年の知己」に会ったような心情を吐露している。

こうして渤海使節一行は帰国したが、「事実は小説よりも奇なり」のたとえどおり、それからなんと十二年後に裴頲と道真は再び平安京でまみえる奇跡に遭遇したのである。

そのとき裴頲は、第三十二回目の渤海使節として、八九四（寛平六）年末に来日、いまや宇多朝廷の中枢を占めていた菅原道真と喜びの再会を果たしている。

もはや、両人ともに老いて白髪のまじる身、それこそ夢想だにしなかった再会の詩酒を酌み交わす喜びは、いかばかりであったろうか。

そうして懐旧の情を交わした道真は、別離に際して「夏の日　渤海大使の帰るを餞す」と題する詩を詠んだが、その終節にはこうある。

……

去る人も留まる人も相《あい》贈るはみな名ある貨《たから》ならんに
君は是詞《これことば》の珠《たま》なれども
我は涙の珠なるものを

ところで、きわめて残念なことに、道真の好敵手でもあった裴頲の作品は日本に残されていないと言われていたが、驚くべき奇跡は再び起こった。

それは裴頲が「わが家に千里の駒あり」と自慢していた彼の息子・裴璆《ペグ》が九〇八（延喜八）年、

渤海使節として訪日し、これまた奇しくも日本側の迎接官となった道真の息子・菅原淳茂《あつしげ》と遭逢したことである。

まさしく、父子二代にわたって朝・日間の親交を結んだわけであるが、それは「海東盛国」と讃えられた渤海と日本の親善友好関係がいかに深まっていたかを象徴的に物語るものであろう。

さて、いささか長くなったが、ここで想起していただきたいのは、前述したように菅原道真が勅撰・私撰の『万葉集』と万葉抄を編んだのは、八九三（寛平五）年のことであったという事実である。

まさにその年に、渤海使節の裴頲一行が来日し、菅原道真らと親交を結んだのであるが、渤海・日本両国の代表的な詩人が詩想豊かに交流と親善を深めた事実は、万葉文化の発展にとっても大きく寄与したであろうことは疑いない。

以上、『万葉集』の書名と名義、そして全二十巻の形成史の中で、最も重要な編集者とみなされている大伴家持と菅原道真について述べてきたが、そのほかに万葉歌の撰集作業に大きく関わった人物として、橘諸兄《たちばなのもろえ》・文室智努《ふんやのちぬ》・文室大市《おおいち》・坂上郎女《さかのうえのいらつめ》らがいたことは周知のとおりである。

むろん、まだ異説もあるが、それは今後の『万葉集』の原像に迫る諸々の研究によって、その当否がさらに明らかになっていくであろう。

第三章　『万葉集』の成立と残された謎

前章では『万葉集』の書名とその名義、そして、この日本最古の歌集の撰集をめぐって、古来、主要な撰者と目されてきた大伴家持と菅原道真の事績について概説した。

それを一歩進めて、『万葉集』全二十巻の成立とその時期、また、いまなお残された幾つかの謎について述べてみようと思う。

一　万葉形成史の変遷

すでに述べたように、『万葉集』全二十巻の撰者と成立年代については、古くから「平城天皇勅撰説」と「大伴家持私撰説」による奈良時代成立説、そして「菅原道真勅撰・私撰説」にもとづく平安時代成立説などが唱えられてきた。

そうした論議は、いまなおつづくと言ってよいが、とくに近代以後の緻密な万葉研究によって、『万葉集』は奈良時代末頃から平安時代の初頭にかけて大伴家持らが撰修し、現在の二十巻とほぼ同じような形に成った、という通説が生まれたのである。

むろん異説もあるが、もし『万葉集』にも、それにつづく『古今和歌集』のように、序文と編纂者の名が明記されていれば、どだい前記のような問題は起こらず、未だに解けない不可思議な謎の部分も残らなかったに違いない。

こうした経緯は、それ以後の史家や研究者に大きな課題を残したが、近年、改めて注目を浴びているのは、新しい視点から考証された『万葉集』の「菅原道真勅撰・私撰説」であり、成立は平安時代後半とする学説である。

この所論は、著名な万葉学者である中西進氏によって提起され、山口博氏によって新たな展開が示されたが、その論拠となったのは、菅原道真が八九三（寛平五）年、宇多天皇の勅命によって撰集した『新撰万葉集』（二巻）上巻の序文であった。

それについては前章でも少し言及したが、その原文は複雑・難解な漢文だらけなので、つぎに山口氏が試みた読み下し文の要点を記しておきたい。

まず道真は「それ万葉集は古歌の流なり」と前置きしたあと、「およそその草稿するところ、幾千といふことを知らず、漸くに筆墨の跡を尋ぬるに、文句錯乱し、詩にもあらず賦《ふ》にもあらず。字体雑揉《ざつじう》し、入ること難く悟ること難し」と、手にした万葉歌の草稿に綴られた文字や文章の難解さ、乱雑さに悲鳴を上げている。

しかし投げ出すわけにもいかず、「ここにおいて、綸綍《りんふつ》（詔勅）を奉じて綜緝《そうしふ》（総集）するの外に、更に人口にあるもの尽く以て撰集して、数十巻となす。その要妙を装ひて、櫝《はこ》に韞《をさめ》て価を待つ」（『万葉集形成の謎』）と、自身の編纂作業について語ったのであった。

こうして道真は、大伴家持らが収集した数千首に及ぶ万葉歌の草稿を整理・再編集して綜緝本をつくっただけでなく、それに人々の間に伝わる伝承歌を付け加えて私撰の数十巻本を、また、その中から秀れた歌を選んで抄本までつくったのである。

このように道真の序文を素直に読むかぎり、彼による万葉歌の再編纂作業は明らかになったと言えるが、それ以後、勅撰本（綜緝本）の方は「古万葉集」と呼ばれ、私撰本（増補本と抄本）の方は「新万葉集」と呼ばれて流布していったという。

そして「古万葉集」は勅撰であるからして天皇家に奉献されたが、それによって宮中の貴族たちにも、その歌集を目にしたり手にする機会が生まれたようである。

こうしてその後、天皇家や貴族、文人たちの間では、『万葉集』の抄本・書写本が盛んにつくられるようになったが、それは巻数の多い歌集の中から自分好みの歌を選んでまとめたものとみなされている。

ところで、ここで見落とせないのは、道真の『新撰万葉集』につづく形で、九〇五（延喜五）年、紀貫之らによる二番目の勅撰歌集――『古今和歌集』が成立したことである。

貫之は平安時代前期の著名な歌人であり、日本最初の仮名文日記『土佐日記』でよく知られているが、他に私撰『新撰和歌集』、家集『貫之集』などがある。

貫之は『古今和歌集』の真名序で、平城天皇が侍臣に『万葉集』を撰集させた（前章参照）という史実を伝え、仮名序では「万葉集に入らぬ古き歌、自らのをも奉らしめ給《たま》ひてなむ」と述べている。

つまり『古今和歌集』は、『万葉集』に入らぬ古い歌と自らの歌とを提出させたというのだが、それは貫之が道真の『新撰万葉集』か、その抄本類の存在を熟知していた事実を裏付けるものであろう。

しかも、彼自身も『貫之万葉五巻抄』を編んでいるが、それは現存せず、『和歌現在書目録』（一一六六〜六八年頃成立）に記されているだけだという。

このように『万葉集』の抄本類が数多く流布していたにもかかわらず、やはりそれは難解であったのであろう、村上天皇は九五一（天暦五）年、歌人・源順《みなもとのしたごう》ら五名に、『万葉集』を読み易くする訓点作業を命じているのである。

これは公的な万葉研究の始まりであったと言えるが、源順はそれから十年後の九六一（応和元）年七月、「古万葉集の中に沙弥満誓《さみのまんせい》がよめる歌……」（『源順集』）云々と歌論を述べているから、この頃にはかなり万葉論が展開されていたと考えられている。

ちなみに、文中の沙弥満誓は笠朝臣麿《かさのあそみまろ》の別名で、朝鮮渡来系の官人と見られているが、彼らの問題については改めて後述したい。

二　覆された通説

つぎに、『万葉集』の形成史を明らかにする上で重要な人物は、鎌倉時代前期の歌人・藤原定家《さだいえ》である。

彼は『新古今和歌集』『新勅撰和歌集』の撰者であり、家集『拾遺愚草』、歌論書『近代秀歌』などの筆者でもあったが、万葉研究においても『長歌短歌之説』ほかで独自の見解をひれきしている。

その中で定家は、『万葉集』の撰者を大伴家持であろうとして、巻十七から二十の初歌と終歌を詠んだ年月を調べたり、長歌の題詞を検討して長歌とし、それにつけられた反歌を短歌とするなど、独自の研究を深めていった。

彼はそれ以前に、右大臣・源実朝に「相伝する所の秘蔵の万葉集送り奉る」（『明月記』）と書いているから、権勢を誇った藤原家には、代々伝えられた『万葉集』の抄本が保存されていたと見てよいだろう。

その抄本は、菅原道真の綜緝本系と見られているが、肝心の巻数についてはやはり明記されておらず、謎につつまれたままであった。

では、『万葉集』が二十巻と明記されたのは、いつ頃のことであろうか。それが明らかになれば、『万葉集』全二十巻の成立時期と撰者名が改めて浮かび上がってくるのは言うまでもない。

その点で重要な意味を持つと思われるのは、一〇八六（応徳三）年九月、白河天皇の勅命によって、当時の政界と歌壇に君臨する藤原通俊《みちとし》が撰集した『後拾遺和歌集』（二十巻）の序文である。

この四番目の勅撰和歌集は、村上朝から白河朝までの約一四〇年間に、和泉式部や赤染衛門、能因法師ら三百二十四人の歌人によって詠まれた千二百二十首の歌を集めている。

通俊はその序文の中で、「ならの帝は、万葉集二十巻を撰びて、常のもてあそびものとし給へり」と書いているが、ここで初めて『万葉集』の巻数を二十巻と明記した歌集が出現したわけである。

　また、同じ頃の古文書にも「万葉集廿巻」とあり、その前後の時期に万葉関係の記録が頻出するようになって、いまふうに言う万葉ブームが生まれたが、そうした事実は何よりも、『万葉集』全二十巻が十一世紀の後半期、つまり平安時代の半ば頃には成立していたということを物語るであろう。

　これは言うまでもなく、『万葉集』の成立時期に関する現代の通説、すなわち『万葉集』全二十巻は奈良時代の末から平安時代の初頭にかけて、大伴家持らの撰集により、現在とほぼ同じような形に成ったという学説をくつがえすものである。

　ここで留意すべきは、『後拾遺和歌集』の撰者・藤原通俊が和漢の才を兼備した人物であり、白河法王から「近古の名臣」と讃えられながら、彼自身も紀貫之と同じように万葉本を編んでいたという事実だ。

　そればかりか、通俊の撰集作業に協力した人々にも万葉愛好家が多かったことから、彼らが『万葉集』の抄本・写本類を再整理し、『古今和歌集』以下の勅撰和歌集と同じく、二十巻本を作成したと考えられるのである。

　したがって『万葉集』は、その原典とも言うべき和歌群を中心にして、当代の有力な歌人や文人たちによって幾度も増補や再編をくり返しながら、十一世紀の後半期、つまり平安時代の半頃に至って、やっと現在のような二十巻本にまとめられたと見るべきではないだろうか。

そのような意味で、『万葉集』の形成についてのつぎのような見解は、近年における万葉研究の主な動向を示すものと言える。

「『万葉集』は……当初から統一した編纂方針があったわけでもなく、また全体を統括する編者がいたわけでもない。後の時代の勅撰集のように、序文や跋文も存在しない。現行の二十巻本は、一応のまとまりはあるものの、それを最終的な完成体と見なしてよいかどうかについても、議論の分かれるところがある」（多田一臣『万葉集全解』）

ともあれ、こうして『万葉集』全二十巻の形成は、想像以上の長い歳月と精密な研究によって、その原像と変遷の様相がかつてなく明確になったのである。

三　消えた歌と東歌の謎

これまで見てきたように、『万葉集』の原像は多くの謎を内包しながらも、その変遷の道のりをわれわれの前に明らかにした。

そこで、とくに目を向けておきたいのは、原『万葉集』と現『万葉集』の違い、異なった部分などであるが、これはその時期の撰者たちによる歌の増補や割愛などによって生じたと考えられている。

まず、原万葉にありながら現万葉にはない歌の問題だが、その中でも不思議なのは、倭国の人々から「文字と文学の神様」と敬われた王仁《ワンイン》博士の「難波津の歌」（第一章参照）にまつわることだ。

王仁博士遺跡（全羅南道霊岩郡）

すでに述べたごとく、王仁は応神王朝の招請をうけて渡来した「百済の賢人」であり、太子（のちの仁徳天皇）の師として訓育に努めただけでなく、倭国の文明開化に大きく貢献し、「王仁博士」と敬慕された大学者であった。

『古事記』と『日本書紀』は、その王仁にまつわる興味深い史話を伝え、彼を文首《ふみのおびと》の始祖としており、『古今和歌集』は撰者の紀貫之が仮名序で王仁の事績に言及し、彼の「難波津の歌」を「歌の父母」として紹介したのである。それを再録すると、

難波津に咲くや木《こ》の花冬こもり今は春べと咲くや木の花

もともと文字を持たなかった倭国に、初めて朝鮮式漢字文化を広めたのは古代朝鮮移住氏族や文化人であるが、倭国人の漢字（主に万葉仮名であろう）の手習いに活用されたのがこの歌であった。

その王仁の歌が歌学書『和歌童蒙抄』（十二世紀の半ば頃成立）によると、「古万葉集にあり」として採録されていたのである。

このように原万葉にはあったはずの王仁の歌が、どうしたわけか現万葉には入っていないのだ

が、前出の山口博氏によると、江戸時代の国学者「契沖は『古今余材抄』で、どうしてこの歌が日本書紀や万葉集にないのだろうといぶかっています」（前掲書）という。

確かに見過ごせない謎のひとつだが、ここで筆者の脳裏に思い浮かんだのは、北畠親房が『神皇正統記』（一三四三年成立）で書いた、「昔、日本は三韓と同種なりと云事《いうこと》のありし、かの書をば桓武の御代に焼きすてられしなり」という一節であった。

なぜなら、このくだりは皇国史観論者が日本の古代史を云々する際に行なう「朝鮮隠し」を問題にするとき、よく取り上げられた箇所なのだが、そうした隠蔽意識を持つ撰者がいて、「古万葉集」に見える王仁の歌を意図的に削除したのではないか、と考えたのである。

むろん、考え過ぎであれば幸いだが、そうした「朝鮮隠し」がいまなお、手を変え品を変えて行なわれている現代の忌わしい動向を思えば、軽々に見過ごすわけにはいかない。

ともあれ、現万葉にはその他にも王仁の歌と同じような事例が見受けられるが、それは撰者の意向によるものなのか、あるいは偶然の脱落であったのか、その理由はいまもって明らかでなく、万葉研究家たちの今後の課題とされている。

ではつぎに、その逆、つまり原万葉になかったのに、現万葉には入っている歌の事例を見てみよう。

その点でよく挙げられる例は、巻一と巻二の巻末歌で、ともに志貴皇子関連の歌であるが、これはのちに、つまり平安時代に増補されたとみなされている。なぜそうなったのか、については明らかでないが、やはり編纂者の意向が働いたと見るしかない。

また興味をひくのは歌語の問題で、奈良時代に使われた言葉が平安時代には使われず、その逆の例も見られるから注意を要する。

たとえば、詠嘆を表す助詞「かも」は奈良時代、「かな」は平安時代に用いられ、助動詞「めり」も同様、平安時代に使われている。

さらにおもしろいのは「馬《うま》」という歌語で、これは奈良時代。平安時代になると、巻十四の東《あづま》歌に数多く使われた「駒《こま》」という歌語が一般的になったという。

その語源は「子馬」とされるが、中国史書によれば古代、馬が棲息しなかった倭の地に、初めて馬匹を持ち込んだのは朝鮮移住民であったから、やはり「狛《こま》＝高麗」ではなかったのか。

ともあれ、東歌とは巻十四に集められた東国（遠江・駿河・相模・上総・常陸・下野・下総・信濃・上野・武蔵の十ヵ国）地方の民衆の歌二百三十首のことで、東国の方言を使って生活・労働・旅・恋などを素朴に生き生きとうたった無名歌、つまり作者未詳歌である。

それについて中西進氏は、「『万葉集』が…半数の作者未詳歌を抱えているということは、何物にもまさる『万葉集』の特質である。…そこで無名歌の大集団を抱えていることが改めて見直され、これが根幹だと考えられる」（『万葉集入門』）と述べている。

その中の「駒」の歌、「春の野に草食《は》む駒の口やまず吾《あ》を偲《しの》ふらむ家の兒《こ》ろはも」は旅先の歌だが、筆者の目をひいた東歌はつぎの二首である。

高麗錦《こまにしき》紐《ひも》解《と》き放《さ》けて寝《ぬ》るが上《へ》に何《あ》ど為《せ》とかもあやに愛《かな》しき

歌意は、高麗錦のひもを解いて共寝をしたのに、その上にどうしろというのか、愛しいことよ、という恋情の歌である。「高麗錦」は高麗織の錦衣のこと。

韓衣裾《からころもすそ》のうち交《か》へ逢はねども異《け》しき心を吾《あ》が思はなくに

この歌は、韓衣のすそが重なり合わないように逢ってはいないが、他の心を私は持っていないのだ、の意。「韓衣」については「渡来人の着た服」（中西進『万葉集』）という注があった。

言うまでもなく、この二首は無名歌であるからして、作者を特定することはできないが、彼らが古代朝鮮からの渡来人であることは間違いない。

とすれば、あの万葉時代、東国地方に高麗錦の衣や韓衣を身にまとった朝鮮渡来人が住んでいたのであろうか。もちろん住んでいた。彼らは集団的に生活し、東国地方開拓に知力を尽くしていたのである。

ここで想起してほしいのは、すでに述べたが、六六三（天智二）年八月、新羅・唐連合軍によって、倭国軍の支援を得た百済軍が錦江、つまり日本で言う「白村江の戦い」で大敗を喫した歴史的事件だ。

この敗戦によって百済王朝が滅亡し、その王族や貴族、そして遺民たちは高句麗へ、倭国へと数多く移住したが、その一例について『日本書紀』は天智五（六六六）年冬、「百済の男女二千余人を東国へ移住させた」と伝えている。

しかも同年十月、奇しくも高句麗の使節・玄武若光（のちの高麗王若光）らが来日し、同じく東国へと移住して、武蔵国に「高麗郡《こまぐん》」を創設して活躍したことは周知のとおりである。

こうした史実を考慮すれば、先の東歌で高麗錦や韓衣をうたいこめた民衆は、まぎれもなく朝鮮渡来民とその後裔であろうし、他の無名歌の多くも彼らの作品とみなしてよいであろう。

なお、この東歌をいつ、誰が集めたのかは不詳であるが、筆者は「六歌仙」のひとり、在原業平《ありわらのなりひら》説に強い興味を持つ。

彼は平安初期の官人で、『古今和歌集』以下の勅撰集に多くの作品を残したが、東国民衆の歌謡に惹かれ、東下りをしてその採集に努めたと見られている。

ともかく、歌才に恵まれ、多くの恋物語が伝えられるこの雅びな美男子に、朝鮮渡来人後裔説があるのはきわめて興味深い。

四　万葉歌を生んだ「白村江の戦い」

東歌と同じく一般民衆の集団歌として、巻二十にまとめられた「防人《さきもり》の歌」（八十四首）も見落せないであろう。

これは七五五（天平勝宝七）年二月、諸国から徴集された防人たちが難波から船に乗り、北九州の防備に赴く途中で詠んだ歌である。

防人とは、主に東国地方から徴発されて筑紫・壱岐・対馬などの守備に当たった兵士たちのことだが、総勢約三千人と見られる彼らは、白村江の戦いで大敗を喫した倭国王朝が新羅・唐連合軍の侵攻を恐れて、それを防ぐ目的で派遣されたのであった。

その防人と家族たちが詠んだ素朴な歌を取捨し、撰集したのは、当時、防人交替業務に従事していた兵部少輔《ひょうぶしょうほ》・大伴家持であるが、彼が防人とその家族の人間的な苦しみと悲しみをうたいこめた歌に、深く感動したのは言うまでもない。

防人に行くは誰《た》が夫《せ》と問ふ人を見るが羨《とも》しさ物思いもせず

こんど防人に行く人は誰の夫だろう、と聞く人を見ると、ねたましくうらやましい、何の悲しい思いもなくて、の意だが、防人の妻はみな同じ思いであっただろう。

韓衣裾《からころもすそ》に取りつき泣く子らを置きてそ来《き》のや母《おも》なしにして

自分は、韓衣のすそに取りすがって泣く子を残して来てしまった、母親もいないのに、の意だが、これは記名歌で、詠み人は信濃の国造《くにのみやつこ》、つまり軍団長格の他田舎人大島《おさだのとねりおおしま》であった。

苗字の他田《おさだ》は「訳語田《おさだ》」で、通訳・書記などの職業を意味するから、やはり彼は朝鮮渡来人の後裔と見て差し支えないであろう。長田も同様と見てよい。

したがって他田舎人大島の祖先は、飛鳥・奈良時代の「史《ふひと》」と同じように、朝鮮語と日本語の通訳、あるいは書記官を務めていたのかもしれない。

その意味では以下の、「６６０年の百済滅亡と６６３年の白村江敗戦によって、日本に大量亡命してきた百済帰化人たちが、日本で文書事務官となり、『記紀万葉』の作成に携わり、借音仮名による日本語表記を担当した」（藤井游惟著『白村江敗戦と上代特殊仮名遣い』）という見解は、まさに的を射ていると言えよう。

以上、見てきたように、万葉歌の誕生には古代朝・日関係の歴史的な波乱と激動が大きく関わっていた。それはまさに中西進氏が指摘したように、「そもそも、万葉集を出発せしめたものが、古代朝鮮からの衝撃力であった。……あの白村江の戦いがなければ、万葉集もなかったかも知れない」（『万葉の時代と風土』所収）のである。

確かに、百済王朝の滅亡と白村江の敗戦、そして百済王族と貴族、そして遺民たちの倭国への移住がなければ、『万葉集』全二十巻は形成されなかったであろう。

第四章　『万葉集』の時代をめぐって

一　古代朝・日関係の大転換期

まず問題とすべきは、『万葉集』の時代をいかにとらえ、それをどのように歴史的に位置づけるのか、ということであろう。その点について古くから、日本の歴史学界では数多くの論議が重ねられてきたが、私はこの章で、著名な加藤周一氏が『日本文学史序説』の「第一章『万葉集』の時代」で述べたつぎのような見解を手初めとして、主な問題点の検証を進めていきたい。

「文献によりさかのぼれるかぎりでの日本文学の歴史は、七・八世紀にはじまる。この時代は、国際的に見れば、六世紀以来、朝鮮三国の動乱にまきこまれていた日本が、白村江の敗戦（六六三）をきっかけとして、七世紀の後半以後、朝鮮半島から撤退した時代であり、また遣隋使・遣唐使を送って中国の王朝に朝貢をつづけていた時代でもある。」

じつに簡明な叙述であるが、まず日本文学誕生の黎明期、そして万葉時代の幕開けが、古代朝鮮の戦乱との関わりの中でとらえられていることは、きわめて重要な視点であると言えるであろう。

周知のように、朝鮮史では、高句麗・百済・新羅の三国が鼎立《ていりつ》し、競合していた紀元前一世紀頃から七世紀中葉までの七〇〇余年間を「三国時代」と呼んでいる。なお洛東江沿岸の駕洛《カラク》と伽耶《カヤ》諸国は六世紀後半、すでに新羅の領土拡張政策によって併合されていた。

しかし、この三国時代、朝鮮半島では中国を統一した隋・唐両帝国の度重なる高句麗侵略と、統合をもくろむ新羅の外勢依存策により、六六〇年に百済が、六六八年には高句麗が新羅・唐連合軍によって滅亡するという、東アジアをゆるがす大事変が起こった。

これは言うまでもなく、それまで連綿とつづいてきた古代朝鮮と倭国との交隣関係が、かつてない歴史的な転換期に直面したことを意味している。

すなわち、紀元前四〜三世紀頃から始まった初期朝・日関係は、国家対国家の関係ではなく、先進的な金属・農耕文化を擁した高句麗・百済・新羅・駕洛・伽耶などの移住民集団が相次いで日本列島へ進出し、各地を開拓しながら勢力を拡大していく過程であった。

そうして、彼らの主導的勢力が原住民の有力集団と国家的勢力を形成しながらも、母国の王朝との主従関係は維持していくというのが主たる構図であったと言えるだろう。

しかし、そのような構図も六世紀から七世紀中葉に至ると、朝鮮三国の内部抗争にともなう動乱と、隋・唐両帝国の執拗な侵攻による戦乱によって、倭国内の朝鮮移住民勢力と母国との関係はしだいに疎遠となり、やがて彼らは統一国家を形成する倭国王権に従属していくという歴史的な転換期に遭遇したのである。

ところが、そうした情勢が紆余曲折しながら進展しても、倭国王権内部では依然として百済系統の豪族勢力が優勢を維持し、引きつづき新羅・駕洛系統の氏族や原住民系の氏族たちとの権力争闘をくり広げていた。

六世紀初頭、畿内大和で権勢を誇った主な豪族は、百済系の蘇我・和珥《わに》（王仁）・巨勢《こせ》氏をはじめ、新羅・伽耶系統の物部・葛城・中臣・羽田《(秦)》氏、高句麗系の大伴氏らの諸氏族であるが、彼らが原住民勢力と連合して倭国王権を形成していったのは言うまでもない。

したがって、六六〇年七月、新羅・唐連合軍によって百済王朝が滅亡したとき、倭国王権は時の女帝・斉明《さいめい》天皇を陣頭に立たせ、総力を傾けて百済救援軍を派遣しなければならなかったのである。

こうして滅亡直後の隣国・百済を救援・復興するために、倭国の女帝斉明が息子の中大兄皇子《なかのおおえのおうじ》（後の天智天皇）とともに、自ら一部郎党を率いて出陣するという、まさに前代未聞の決断が下されたのであった。

その悲壮とも言うべき出陣風景を物語る作品として、私は『万葉集』を代表する女流歌人・額田王《ぬかたのおおきみ》の、有名なつぎのような歌を思い出す。なぜなら、この歌は倭国王権の百済救援をめざす派遣軍団の船出を詠んでいるからである。

熟田津《にきたつ》に船乗りせむと月待てば潮《しほ》もかなひぬ今は漕《こ》ぎ出でな

『万葉集』巻一、八番の歌で、歌意は、熟田津で船出をしようと月の出を待っていると、幸い潮も満ちてきた、さあ今こそ漕ぎ出そう、であろう。

この歌は左注によると、同じく万葉の代表的歌人・山上憶良《やまのうえのおくら》の歌集『類聚歌林』には斉明天皇の作とされているが、もしそうであれば、宮廷歌人であった額田王が女帝斉明の心情を推しはかって代作したと考えることもできよう。

ちなみに、「万葉の母神」とまで讃えられた額田王には、朝鮮渡来人の後裔説が有力であるが、それらについては章を改めて取り上げていくつもりである。

ともあれ、斉明一行が船出をした熟田津は、現・愛媛県松山市の和気町・堀江町周辺のほか、三津浜港などに比定されているが、倭国の百済救援軍は、なぜ瀬戸内から筑紫の地へ直航せず、わざわざ四国へ立ち寄ったのであろうか。

そこで、それらの問題を含めて、これまで一般的にはあまり語られてこなかった、劇的とも言える百済―倭国関係について、重要な部分をふり返ってみることにしよう。

二　百済の滅亡と倭国の王権

まず『日本書紀』によると、六六〇（斉明六）年十月、百済の重臣・鬼室福信《きしつふくしん》は倭国へ使者・貴智《きち》らを派遣して。「唐人、わが国の賊徒（新羅のこと）を率いて、わが辺境を犯し、わが百済国を覆し、その君臣を捕虜とした」と通報したという。

つまり同年七月十三日、新羅・唐両軍の攻撃によってついに百済は滅亡し、義慈王と王妃の恩古、王子の隆と、その臣下ら五十余人が唐軍の蘇将軍に捕えられ、唐に連れ去られた、と伝えたのである。

そして貴智らは、倭国の緊急な援軍派遣を要請し、併せて倭国滞在中の百済王子・余豊璋《ヨプンジャン》を迎えて国王としたい、と懇請している。

この切迫した百済遺臣の要請に対して、女帝斉明と中大兄皇子はどのように応えたのだろうか。再び『日本書紀』によると、このとき斉明女帝は直ちに重臣たちに対し、つぎのような命令を下したという。

「……彼らの志を見捨てることはできない。全将軍に命じて一斉に進軍させよ。雲が集まり雷が動くように、一斉に沙喙（新羅の地）に集結すれば、その悪らつな巨魁を斬って、百済の痛苦を癒すことができよう。また百済王子は礼を尽くして送り帰すべし」と。

そして斉明は、自ら筑紫に赴いて救援軍を派遣しようと決意し、難波で種々の武器をととのえ、駿河国には新羅征討用の軍船まで建造させたのである。

こうして翌六六一（斉明七）年一月七日、斉明一行は西方に向かって海路についたが、その途中、なんと同行していた大田皇女、つまり中大兄皇子の娘であり、大海人皇子《おおあまのおうじ》の妃が船中で女児を出産したのであった。そして同月十四日、伊予国の熟田津にたどり着いたという。

百済を救援・復興させるためとはいえ、身重な皇女まで同行させるなどとは？　と、いぶかる向きもあるだろうが、そうした緊切な対応は何よりも、当時の百済―倭国の親縁関係を象徴的に物語っているると言えるであろう。

では、斉明女帝の救援軍団が筑紫へ直航せず、伊予の熟田津に寄港した目的は何であったのか。それはやはり、戦力増強のための兵士動員であったと見るのが自然であり、また、それを裏づける史料や伝承なども少なからず確認されている。

たとえば『日本霊異記』には、伊予国越智郡の大領の先祖が百済へ派遣され、唐軍の捕虜となったが、やがて帰国に成功した話が伝えられており、伊予国風早郡の物部薬なども同じく捕虜となったが帰国したという。

むろん、このような兵士徴発は伊予国だけでなく、瀬戸内対岸の備中国などでも行なわれたが、寛平五（八九三）年、備中介（次官）の三善清行が書き写した『備中国風土記』（逸文）の「迩摩《にま》郡」の条には、きわめて興味深い説話が伝えられている。少し長いが、その部分を引用する。

「皇極（斉明）天皇六年（六六〇）のこと。唐の将軍の蘇定方は、新羅の軍を率いて百済の国を討伐した。そこで百済は、使者をわが国に派遣して救援を依頼した。斉明天皇は自ら筑紫へ行幸なさり、救援兵を送り出そうとなさった。その時、後の天智天皇（中大兄皇子）は皇太子として、実務を代行して天皇に付き従っておられた。筑紫への途路、下道の郡にお宿りになられた時、ある村里に活気が満ちているのを御覧になり、天皇は命を下してこの里の兵士をお集めになられた。すると屈強の兵士二万人ほど集まった。天皇は大いにお喜びになり、この村里を二万の里を名付けられた。後に呼び方を変えて迩摩《にま》と言っている。その後、天皇は筑紫の行宮《かりみや》で崩御なさった。」

（日本古典文学全集『風土記』小学館刊）

見たとおり、この説話は女帝斉明と中大兄皇子が百済救援のため、いかに腐心し、いかに全力を傾けたかをリアルに伝えているが、ここで見落とせないのは、その斉明が筑紫で「崩御」したとされている点である。

そこで『日本書紀』の記事を追ってみると、斉明一行の船が熟田津を出航してから博多に着いたのは三月二十五日のことであった。斉明は磐瀬《いわせ》の行宮（福岡市三宅か）に入り、しばらくその宮殿に滞在していたが、翌四月には、百済の鬼室福信から、王子・余豊璋《ヨプンジャン》を早く迎えたいという書簡をうけとったりした。

そうして五月九日、斉明は新築の朝倉宮（現・福岡市朝倉町）に移ったが、「このとき朝倉の社《やしろ》の木を切り払って、この宮を造られたので、雷神が怒って御殿を破壊した。また宮殿内に鬼火が現れた。このため大舎人や近侍の人々に、病んで死ぬ者が多かった」という。

何やら不気味な現象が相次いで起こったが、こうして突如、「秋七月二十四日、斉明天皇は朝倉宮で崩御された」というのである。むろん、その病名は明記されていないが、前後の文脈から推して、誰もが予期しえない急病死であったことは言うまでもない。そして、その後の「八月一日、中大兄皇子は天皇の柩《ひつぎ》に付き添って磐瀬宮に帰り着いた。この日の夕方、朝倉山の上に鬼が現れ、大笠を着て葬礼を見守っていたので、人々はみな、それを怪しんだ」という。

こうして斉明天皇の柩は難波に移葬され、「十一月七日、飛鳥の川原に運ばれて殯《もがり》を行い、九日まで発哀《みね》の礼をたて奉った」というのである。

ちなみに「発哀」とは「御哭《みね》」のことで、「声を立てて泣くこと。葬儀の時に弔意を表して泣き叫ぶこと」（『広辞苑』）だという。

たぶん、わが国の「哀号」によく似た弔意の表しかたであったろうが、斉明の死によって中断された倭国の百済救援作戦は、総指揮官・中大兄皇子が再び増援軍を率い、筑紫へ向かったことによって再開されている。

三　「白村江の敗戦」がもたらしたもの

朝鮮史でいう「錦江の戦い」は、日本では「白村江の戦い」と言いならわしているが、この古代朝・中・日戦争の真相を明らかにすることは、万葉時代の歴史的背景を読み解く上できわめて重要である。

この戦いは、六六三（天智二）年八月、百済の復興をめざす倭国軍二万七千が渡海し、周留城《チュル》（現・忠清南道舒川郡の韓至山城か）にたてこもる百済遺臣軍を救援すべく錦江河口に集結したとき、新羅・唐水軍の猛攻を浴びて倭国水軍が大敗を喫した海戦であった。

それはいみじくも万葉学者の中西進氏が、「あの白村江《はくそんこう》の戦がなければ、万葉集もなかったかも知れない」（『万葉集における古代朝鮮』）と述べたように、倭国初の大規模な海外戦争である。

（注：錦江という河川名を「白村江」と表記し、「はくすきのえ」と訓読みしたのは『日本書紀』。『旧唐書』は「白江」、『三国史記』は「白沙」と記すが、それは当時の俗称であったか、定かではない。）

その錦江河口における激戦について、『旧唐書』は「（唐水軍は）四度戦い、四度とも勝利した。倭国水軍の軍船四百艘を焼き払った。その煙りは天を覆い、海水は真っ赤に染まった。倭国水軍は潰滅し、扶餘富は身を脱して逃げ去った」と記している。

扶餘富とは前述のごとく、倭国に約二十年滞在した百済王子・余豊璋のことで、彼は百済が滅亡したとき、中大兄皇子から「百済王」を授けられ、六六二年五月、約五千の倭国兵に護衛されながら帰国したという。

しかし豊璋は、百済遺臣軍の指揮官・鬼室福信の戦略に従わず、「倭国の将軍を饗応したい」などと言い出して周留城から離脱した。そして福信がそれに反対すると、彼に反逆の罪をきせ、腹心に命じて殺害してしまった。

そして豊璋は、錦江戦闘で倭国水軍が大敗したと知るや、「数人の従者と船に乗り、高句麗に逃げ去った」というのである。

こうして百済王朝の再興は水泡に帰してしまったが、豊璋の逃亡先については、『旧唐書』と『三国史記』が明記せず、『日本書紀』は高句麗説をとるが、ほかには、彼が敗退する倭国水軍とともに逃れ、中大兄皇子の厚遇を得て生涯を終えたという説、また「余豊璋＝藤原鎌足」説などもあって、真相は「薮の中」と言うしかない。

その一方、滅亡した百済王朝の遺臣たちと一般庶民は、文字どおり、なだれを打ったように海を渡り、倭国への移住を開始している。

たとえば、弖礼城《くれそん》（慶尚南道南海島の古名か）に集結した百済遺民は九月二十四日、敗退する倭国軍の兵船に便乗したが、その中には百済の貴族・余自進《よじしん》をはじめ、木素貴子《もくそくいし》・谷那晋首《こくなしんす》・憶礼福留《おくらいふくる》らの高官とその妻子ら、そして多数の遺民たちの姿があったという。

（注：氏名とその訓読みは『日本書紀』。姓には複姓説がある。）

むろん、これらは一例であって、同じ時期、倭国へ逃れた百済の王族・貴族・官吏・学者・技術者としては、吉大尚《きったいしょう》・沙門詠《さもんえい》・答本春初《とうほんしゅんしょ》・四比忠勇《しひちゅうゆう》・角福牟《ろくふくむ》・沙宅紹明《さたくしょうめい》・許率母《こそつも》・国骨富《こくこつぶ》らの名が記録されている。

彼らの中には、『万葉集』に歌を残した人々をはじめ、倭国初の学頭職（大学総長）となった鬼室集斯、同じく法官大輔に任じられた沙宅紹明、兵法・築城に秀れた答本春初、憶礼福留など、倭国王権の政治・経済・文化・軍事などの各分野にわたって活躍した逸材が多い。

また、彼らの子孫にも秀れた人物が多く、一例を挙げれば、奈良の大仏造立のリーダー・国中公麻呂《くになかのきみまろ》は、前記の国骨富の孫にあたっている。

こうした事実は、何よりも中大兄皇子を頂点とする倭国王権の、百済遺臣らに対する厚遇をも意味しているが、遺民たちに対する救済策も積極的に進められた。

『日本書紀』によれば、六六五（天智四）年二月、百済の遺民四百余人が近江国神前郡に移住し、翌年冬には百済の男女二千余人が東国地方に移住している。

このようにして、倭国に逃れて各地に移住した百済人の総数は四～五千人と見られているが、その実数はむろん定かではない。

四　高句麗の滅亡とその遺民たち

百済を滅亡させた新羅・唐連合軍は、つづいて六六八（天智七）年十月、平壌城を総攻撃して、隆盛を誇っていた高句麗をついに征服した。

その二年前のことだ。高句麗の最高権力者であった淵蓋蘇文《ヨンゲソムン》が他界すると、彼の三人の息子たちは醜い権力争いを起こした。そして、この争闘に敗れた長男の男生《ナムセン》は、こともあろうに己れの軍勢を引き連れて唐側に寝返り、彼らの手先に転落してしまったのである。

このような支配層内の分裂と争闘が、三次にわたる高句麗侵略で苦杯をなめていた唐帝国と、領土拡張欲に燃える新羅支配層に、またとない高句麗征服の機会を与えてしまったのは言うまでもない。

そうして高句麗を滅ぼした唐帝国は、つづいて朝鮮全土を支配する年来の野望をあらわにし、各地で暴行と略奪をくり返して三国の民衆を塗炭の苦しみに陥れた。

そのため、全土で唐侵略軍撃退のたたかいが拡大し、新羅の支配層もこれに呼応して全軍投入の火ぶたを切ったことにより、六七六（天武五）年十一月、あの錦江河口で再び激戦をくり広げ、ついに唐侵略軍を潰滅させるという戦果を挙げたのである。

こうして新羅は、朝鮮全土から唐侵略軍を駆逐し、当初の目的は達成できなかったものの、大同江以南の地域を統合することに成功したのであった。

しかしその一方で、高句麗滅亡の前後から、百済の場合と同じく、高句麗の王族や貴族、官吏や民衆が相次いで倭国へと亡命した事実、また故国の戦乱を忌み嫌ってか、新羅の人びとも倭国へと避難した事実なども見落とせないであろう。

たとえばそれは、高句麗の訪日使節であった高麗王若光や背奈福徳《せなふくとく》らであるが、そのほか六八七（持統元）年一月、高句麗の民衆五十六人が常陸国へ移住し、新羅人十四人は下毛野国へ、同年四月には同じく新羅の僧尼ら二十二人が武蔵国に移り住んだりした。

こうして百済・高句麗・新羅の人々の倭国移住が相次いだが、わけても七一六（霊亀二）年、高句麗の遺民一千七百九十九人が武蔵国に移住して高麗郡が誕生し、高麗王若光が初代の郡長になったのは周知のとおりである。

五　倭国から「日本」へ

その間、倭国内の情勢も大きく変化していた。まず六六八（天智七）年一月、長い間、執政であった中大兄皇子が天皇に即位し、高句麗滅亡の報に接するや、新羅王朝との交隣策をとり始めた。

そして翌年十月、天智天皇は百済の遺臣・余自進、鬼室集斯と遺民ら七百余人を近江国蒲生郡に移住させる一方、唐帝国の対日交渉に対応していたが、六七一（天智十）年十二月、志半ばにして他界している。

倭国の古代最大の内乱「壬申の乱」が勃発したのは、その翌年、つまり六七二年夏のことであった。これは天智天皇の死後、長子の大友皇子を擁する近江朝側と、天智の弟・大海人皇子派が皇位継承をめぐって激突した戦乱である。

この内乱で大友は自殺、戦いに勝利した大海人は翌年二月、飛鳥浄御原宮で即位して天武天皇となり、津令制国家の建設のために知力を尽くした。

こうして天武は十五年の在位期間、諸皇子を中心とした皇親政治を進め、官人制度の整備、「八色《やくさ》の姓《かばね》」の制定、国史の編纂、祭祀と儀式の整備など、律令国家の基礎を築いていった。

歴史学者の吉田孝氏は、この「ヤマト王権の国制は、高句麗・百済・新羅など朝鮮諸国の国制と深い関連があり、そのようなヤマト王権の国制を基礎として律令国家が形成されてきた」（『日本の誕生』岩波書店刊）と述べたが、まさに傾聴に価する見解であると言えよう。

そうした視点から天武の時代を考えてみると、とくに注目すべきは、その倭国が「日本」という新しい国号と、「天皇」という称号を正式に定めた事実である。

中国の史書『旧唐書』は、「日本国は倭国の別種なり」「倭国自らその名の雅《みやび》ならざるを悪《にく》み、改めて日本と為す」と記しているが、初めて日本国の遣唐使を送った天武の死後、その諡《おくりな》には「倭」の字が使われており、都京のあった「やまと国」を「大倭国《やまと》」と書いたりしたのであるから、「倭」の字をたんに醜いという意味にだけとるのは妥当ではない。

そこで問題となるのは「日本」、つまり「日《ひ》の本《もと》」であるが、これは「日出づる処」と見て差し支えないであろう。

先の吉田氏によると、仏典『大智度論』には、「日出づる処は是《こ》れ東方、日没する処は西方」とあるという。とすれば、かつて聖徳太子が遣隋使の国書に「日出づる処の天子、書を日没する処の天子に致す」として、隋側の物議をかもした発想は、ここから生まれているのかも知れない。そうした視点から吉田氏は、「すなわち仏典などの知識によって、西の「日没する処」の中国に対する、東の「日出づる処」として、自らの国号を定めたのであろう」と結論づけている。

さて「天皇」という称号の方であるが、これは六七四年、唐帝国が皇帝を天皇、皇后を天后と称していることなどから、それにならったものと見てよい。

ともあれ、前にも少しふれたが、先年、日本では「平城遷都一三〇〇年」を盛大・華麗に記念しており、企画に富んだ観光ツアーも数多く催されて話題を呼んだ。

この平城京、すなわち奈良の都は、七一〇（和銅三）年三月、元明天皇が藤原京から遷都して、七八四（延暦三）年、桓武天皇が長岡京に移るまでの都京であった。

その「奈良」は、古くは「那羅・寧楽・平城」とも書いたが、この地名が朝鮮語の「나라（ナラ）」（国）からきていることは、あえて言うまでもあるまい。かつて古代史研究家の鈴木武樹氏はつぎのように述べた。

「平城京は、武蔵・高麗の人、高麗王福信《コマノコキシノフクシン》が造宮卿としてその建設に参画した都市である。「ナラ」は「野」「国」「宮」「王」という四つの意味をもつ朝鮮古代語の単語だから、この言葉を新京の名としたのはおそらくその高麗王福信ではなかったか？」（『地名・苗字の起源99の謎』より。）

その高麗王福信は、高麗王若光よりも先に武蔵国へ移住した高句麗人の後裔であるが、彼は幼時、学者であった伯父・背奈行文にともなわれて上京し、春宮亮を皮切りに出世コースをひた走り、鈴木氏が指摘したように、造宮卿《みやつくりのかみ》という要職に任じられている。

こうして六〜七世紀前半期に起こった朝・日関係の大転換は、やがて『万葉集』を形成し、倭国から「日本」を誕生させ、高句麗の後継国家——渤海との友好親善・文化交流を開花させていったのである。

第五章　初期万葉の時代（上）

一　万葉歌の原像

すでに明らかにしたように、『万葉集』の原像は七世紀の後半頃から生まれはじめ、複数の撰者によって増補と削除をくり返しながら、十一世紀の後半、現在の二十巻本とほぼ同じような形にまとめられたと考えられている。

そして、この原像を生んだ衝撃波は、何よりも七世紀中葉の新羅・唐軍の侵攻による百済と高句麗の滅亡であり、両王朝の貴族や高官、学者や技術者と一般民衆の倭国への集団的な亡命であったと言えよう。

それはまさに、初期朝・日関係の大転換期、つまり朝鮮三国の移住民集団による倭国への進出と勢力拡大がほぼ終わり、その主要勢力——百済・高句麗・新羅・駕洛系統の氏族らがしだいに倭国王権に従属していった時期に当たっている。

しかし、このような状況下にあっても、依然として百済系統の豪族勢力が優勢であった倭国では、後述する大化改新（六四五年）、壬申の乱（六七二年）などの武力政変を経て、中央集権的な律令国家の基盤を構築し、「日本」という新たな国号を用いて独自の対唐・新羅・渤海外交を推進していったのである。

そうした動向を象徴的に示したのは、七〇〇（文武四）年の大宝律令の制定であり、翌七〇一（大宝元）年の第七次遣唐使の任命と、大宝律令に基づく官制・位階の実施、そして新しい年号「大宝」の使用などであった。

わけても注目すべきは、対外的に初めて「日本」の国号を用いた粟田真人《あわたのまひと》を正使とする九名の遣唐使節団の派遣である。

もともと遣隋使と遣唐使に、朝鮮渡来系の学者や文官、僧侶らが名を連ねていたことはよく知られていることだが、粟田真人もそのひとりで、彼は百済系の和珥《わに》・春日氏族と同族であり、大宝律令の作成にも関わった秀れた人物であった。

また、この使節一行に、末席ながらも少録として随行した山上憶良《やまのうえのおくら》も同系氏族であるが、彼は唐の都・長安で使命を終えたあとの宴席で、つぎのような歌を詠んだという。

いざ子ども早く日本《やまと》へ大伴《おほとも》の御津《みつ》の浜松待ち恋ひぬらむ

巻一、六三番の歌であるが、歌意は、さぁみんな、早く日本へ帰ろう、大伴の御津の浜辺の松も、その名のごとく待ちこがれているであろうから、であろう。

ところで問題となるのは、原文の「日本」をなぜ「やまと」と訓《よ》ませ、訓み下し文では「大和」

と書き換えたりしているのか、である。

その「やまと」について、巻一の他の歌の原文を調べてみると、巻頭を飾る雄略天皇の歌には「山跡」、つづく舒明天皇の歌では「山常」となっているが、『万葉集』の「歌聖」と讃えられた柿本人麻呂《かきのもとのひとまろ》は「倭」を用いており、阿閇皇女《あへのひめみこ》、高市連黒人《たけちのむらじくろひと》、忍坂部乙麻呂《おさかべのおとまろ》、長皇子《おさのみこ》なども同じく「倭」の字を用いている。

また、山上憶良と同じく「日本」を用いたのは、石上朝臣麻呂《いそのかみのあそみまろ》の歌と作者未詳歌の三例であるが、もともとは「倭」であったのは言うまでもない。

そこで念のため『広辞苑』をひもといてみると、「やまと」について「大和・倭」の漢字をあて、「山処《やまと》の意か」として、つぎのように説明している。

「旧国名。今の奈良県の管轄。もと、天理市付近の地名から起る。初め「倭」と書いたが、元明天皇のとき国名に二字を用いることが定められ、「倭」に通じる「和」に「大」の字を冠して大和とし、また「大倭」とも書いた。」

つまり、当初は「倭」を用いていたが、この漢字には「背が曲がって、たけの低い小人の意」「みにくい」など、「雅《みやびやか》ならざる」意味があったため、「大和」に改めたというわけである。

ともあれ、百済本国の滅亡によって、倭国王権内の主導権を握る百済系豪族勢力が独自の道へと向かい、対外的には初めて「日本」という国号を用いたちょうどその時期に、万葉の歌も呱々《ここ》の声を挙げたと見てよいであろう。

また同じ頃、勅命によって『古事記』三巻と諸国『風土記』の撰進につづく、『日本書紀』三十巻の編纂が進められたのも、倭国から「日本」への転進を意味しており、その筆録者たちは、ほとんど朝鮮渡来系の文官である「史部《ふひとべ》」の面々であった。

そうした時期に生まれた万葉歌は、幾多の歳月を経て、数巻から二十巻本へと形成されていくわけであるが、その時代区分をめぐって後世、日本の学界では多くの論議が重ねられてきたのは言うまでもない。つぎに、それを見ていくことにしよう。

二　万葉歌の時代区分論

よく知られているように、『万葉集』に収録された四千五百余首の歌は、第一巻から二十巻まで、詠まれた年代を追って順に編集されているわけではない。『万葉集』のそれぞれの巻は、ほとんど一巻ずつ、あるいは数巻を一つの単位としてまとめられ、構成されているのである。

これは何よりも、各巻の編者が複数であったか、あるいは異なっていたことを物語っているが、そうした統一性のない「未完成」とも「混沌」とも言える実態こそ、『万葉集』の持つ特色であると指摘する学者も少なくない。

したがって、万葉歌を年代順に区分するためには、各巻の歌群の詠作年代を明確にし、作品の持つ意味と評価を加え、鑑賞へと進むのが順序であろう。

たとえば、原万葉と言われる巻一の巻頭には、五世紀末頃の人物とされる雄略天皇の歌があり、同じく巻二の巻頭には、五世紀初頭の人物とされる磐姫《いわのひめ》皇后の歌があるが、これらは古代歌謡として伝承されていた歌が収録されたと見るべきである。

これまで日本の万葉学界では、さまざまな万葉歌の時代区分論が展開されてきたが、今日、通説とみなされている区分は、つぎのとおりである。

第一期　舒明天皇の時代（六二九～六四九年）～壬辰の乱（六七二年）
第二期　壬辰の乱～平城京遷都（七一〇年）
第三期　平城京遷都～天平五（七三三）年
第四期　天平六（七三四）年～天平宝字三（七五九）年

すなわち、この通説では七世紀の前半から八世紀の中葉に至る一三〇年間の万葉歌を、四つの時期に区分していることが分かる。

そこで、それを朝鮮史から見ると、ちょうど高句麗・百済・新羅の三国時代から、百済と高句麗の滅亡を経て、統合新羅と渤海の時代に至っていることが明らかとなろう。

こうした通説を踏まえながら、私は中西進氏の、つぎのような時代区分論にそって、万葉歌の変遷過程と歌人群像、そしてその作品の意味するところを考えていきたい。中西氏はこう述べている。

「万葉集」は、その包含する時代も長い。……ほぼ百二十年にもわたり、これを、世代（三十年）という見方で区切ると、四期にわけることができる。初期万葉、白鳳万葉、平城万葉、天平万葉とも名づけるべき四期がそれである。

（『万葉集』講談社刊）

そして同氏は、この四期の年代について概説しているが、それを分かりやすく整理して表示してみると、つぎのようである。

・初期万葉　大化改新（六四五年）から壬申の乱（六七二年）までの二十七年間。
・白鳳万葉　壬申の乱から大宝二（七〇二）年までの三十年間。
・平城万葉　大宝二年から天平元（七二九）年までの二十七年間。
・天平万葉　天平元年から天平宝字三（七五九）年までの三十年間。

見たとおり、先の通説とほぼ同じような年代区分であるが、武力政変や政治的な出来事が区分の基準になっている点は留意すべきであろう。

それではつぎに、各時代の万葉歌とその歌人、そして作品の持つ意味と時代背景などについて具体的に考えていくことにしよう。

なお、万葉歌群を歴史的に見ていくわけであるから、前章と多少、重複する箇所もあると思うが、それらについては諒とされたい。

三　激動の時代

初期万葉の時代は、文字どおり前代未聞の波乱と激動の時代であったし、あいつぐ戦乱と政変によって東アジアが大きく震撼した時代でもあった。

ではまず、その歴史的背景から見ていくが、倭国では六四五（皇極四）年六月、中大兄皇子と中臣鎌足らが当時、最大の実力者であった百済系の大豪族・蘇我入鹿を斬殺するという武力政変が起こった。世にいう「乙巳《いっし》の変」である。

そして大化改新の口火が切られたが、この倭国初の大事件には、いまなお論議を呼ぶ古代史の大きな謎が幾つか残されている。

その謎を解く手がかりの一つは、隋・唐両帝国の高句麗侵略と百済・新羅の対立激化、そしてそれにともなう百済・高句麗支配層内部の権力争闘による政変の勃発である。

すなわち、百済では義慈王が隋・唐に事大し、高句麗との和親関係を保ちながら新羅の攻撃に対抗していたが、倭国に滞在中の弟王子・塞上《セサン》の動向に怒り、六四二年一月、彼の子・翹岐《ヨギ》とその親族および内佐平（大臣）・高官ら四十余人を島流しの刑に処すという政変を起こしている。

一方、隋帝国の四次にわたる侵略を撃退した高句麗は、つぎに登場した唐帝国の再侵略に備え、遼東に防衛上の長城を築き始めたが、栄留王《ヨンルワン》はその陣頭指揮に当たった淵蓋蘇文《ヨンゲソムン》を倒そうとして失敗。逆に彼から殺害されてしまった。

それは六四二年十月のことであったが、淵蓋蘇文は新たに宝蔵王を擁立し、自らは莫離支《マクリジ》（首相）となって武断的な専制政治を行ない、唐の侵略を相次いで撃退していった。

このように、百済と高句麗で起こった政変の報は、前年十月、舒明天皇が百済宮《くだらのみや》（奈良県桜井市吉備付近か）で死去したことにより、百済と高句麗が送った弔問使から倭国に伝えられたのである。

（注：舒明天皇は六三九年七月、百済川のほとりに百済宮と百済大寺を造営せよと命じた。百済川はいまも吉備の西を流れる寺川に比定されている。）

こうして倭国では六四二年一月、皇后の宝皇女が即位して皇極天皇となり、蘇我蝦夷《そがのえみし》が大臣《おおまえつぎ》となって、わが子・入鹿《いるか》に国政のすべてをゆだねることとなった。

（注：皇極天皇は中大兄皇子・間人皇女・大海人皇子の母であり、のちに重祚して斉明天皇となった。）

しかし元来、親縁関係にあった百済の政変が倭国に与えた衝撃は大きく、それに追い打ちをかけるように、善隣関係にあった高句麗の政変が伝えられたため、皇極朝は緊急対策として百済・高句麗などへ使節を派遣したりした。

また流刑を解かれ、訪日大使となった翹岐には皇極女帝が会見する一方、蘇我蝦夷は彼らを招いてもてなしたあと、良馬一匹と鉄《ねりかね》二十梃を贈ったりしている。

ともあれ、こうして倭国内にも複雑、錯綜とした状況が生まれたが、その後の展開については、やはり『書紀』の記述にもとづいて追ってみることにしたい。

四　飛鳥朝に君臨した蘇我氏

そこで、まず取り上げなければならないのは、その当時、蘇我本宗家の長であり、倭国の実権を掌握していた百済系豪族、蘇我蝦夷・入鹿親子の「専横」の問題である。

これは飛鳥時代史の中で頻繁に論議された問題で、いまなお異説が唱えられたりしているが、蘇我氏専横の実態とは、つぎのとおりだ。

『書紀』によると、蝦夷は六四二（皇極元）年、己れの祖廟を葛城の高宮に建て、天子のみが行ない得る八佾《やつら》の舞を催して自ら「大和の忍《おし》の広瀬を渡らむと足結《あよい》手作り腰作らふも」という歌を詠んだという。

これは、やがて蘇我氏が天下を掌中にするのであるから、わが方の武装をしっかり整えておこうという意味に解釈されている。

そうして蝦夷は、多くの民百姓を徴発し、己れと入鹿の墓を造らせて「大陵・小陵」と称し、上宮《うえのみや》の民を集めて墓地の労役に使うなど、専横をきわめたので、それを恨む人びとの声が高まったという。

このとき、聖徳太子の娘である上宮大娘姫王は、「蘇我臣は国政をほしいままにし、多くの無礼をはたらいた。天に二つの太陽なく、国に二人の王はないのに、なぜ勝手に上宮の民をこき使うのか」と怒りをあらわにした。

しかし、そうした状況の中でも、入鹿は密かに、上宮の王《みこ》たちを廃して、同族の古人大兄皇子《ふるひとのおおえのおうじ》を擁立して天皇にしようと画策した。

（注：古人大兄は中大兄の兄にあたり、軽皇子《かるのみこ》の叔父となる。）

そして六四三（皇極二）年十一月、入鹿は父・蝦夷から紫冠を授けられて大臣の位に擬せられたあと、斑鳩宮《いかるがのみや》の山背大兄王を襲撃させ、その一族を自決に追い込んだのである。

そのため蘇我本宗家に対する怨嗟《えんさ》の声がいっそう高まり、入鹿打倒の志を抱く中臣鎌足と中大兄皇子が手を結ぶと、武力政変の計画が着々と進められていった。

こうして六四五（皇極四）年六月、中大兄は、倉山田麻呂に対して、「三韓《みつのから》が調《みつぎ》を進上する日」に上表文を読み上げよと命じ、それを合図に突入して入鹿を斬り殺すという陰謀を明かした。決行の日は六月十二日であった。

（注：「三韓」とは一般的に馬韓・辰韓・弁韓を指すが、日本の学界では、たとえば小学館版『日本書紀』の注釈のように、「ここは雅語的な用法で朝鮮三国の高句麗・百済・新羅をさす」とするのが通説のようである。しかし『三国史記』には六四五年、朝鮮三国が倭国に使節を派遣したという記事は全然見当たらない。したがって、『書紀』にいう「三韓」とは、倭国内の朝鮮渡来系小国と見るのが正しいであろう。）

五　「韓人」とは誰か？

さて、いよいよ武力政変決行の日、皇極女帝が大極殿に出座し、招かれた古人大兄が控えていると、やがて蘇我入鹿が到着した。

そこで中臣鎌足の手はずどおり、俳優《わざおさ》にうまく入鹿の剣をはずさせて席に着かせると、倉山田麻呂が立って三韓の上表文を読みはじめた。

そのとき、中大兄は警護の兵士に十二の門を閉じさせ、長槍をとって建物の陰に身をひそめた。鎌足らが弓矢を持って中大兄を護衛した。

すると海犬養勝麻呂《あまのいぬかいのかつまろ》が、斬り込み役の佐伯子麻呂《さえきのこまろ》と葛城稚犬養網田《かつらぎのわかいぬかいのあみだ》に剣を授け、「油断するな。不意を突いて斬れ」と命じた。彼らは今朝ほど、恐怖のために食べた飯を吐いたので鎌足が叱りつけたという。

こうして倉山田麻呂の読み上げる上表文は終わりに近づいたが、なぜか斬りこみ役の二人が飛び出してこないため、倉山田麻呂の手がふるえ、声が乱れた。それを見て怪しんだ入鹿が、「どうして震えているのか」と声をかけた。すると彼は苦しまぎれに、「天皇のおそばで恐れ多いからです」と答えた。

もはや一刻の猶予もならないと見た中大兄は、「やあ」と叫んで子麻呂らと共に剣をふりかざし、力いっぱい入鹿の頭と肩を斬り割いた。入鹿は悲鳴をあげて転がりながら玉座に近づき、「皇位にあるべきは天の御子です。私に何の罪がありますか」と訴えた。

女帝が驚き中大兄に、「いったい何事があったのか」と尋ねた。

すると彼はひれ伏して、「鞍作《くらつくり》（入鹿の通称）は、天皇家を滅ぼして皇位を傾けようとしました。どうして天孫を鞍作に代えられましょうか」と言上した。

それを聞いて、女帝が足早やに殿中へ入ってしまうと、子麻呂らが入鹿に追い討ちをかけ、ついに彼を斬り殺してしまったのである。

その惨劇を目撃した古人大兄は、逃げるように走って自邸に帰ると、「韓人《からひと》が鞍作を殺した。韓政《からのまつりごと》*に因りて誅せらるるをいう、吾が心痛し」と言って門を閉ざしてしまった。

（注：*の部分は『書紀』編纂者の注釈だが、意味がはっきりせず、真実をぼかしたと見られる。）

その直後、蝦夷は自決を前に、天皇記・国記・珍宝などのすべてを焼いたが、船史恵尺《ふねのふひとえさか》が、とっさに国記を取り出し、中大兄に奉った。そして蝦夷と入鹿の屍を葬ることと、哭泣《ねっかい》が許されたという。

こうして皇極天皇は、弟の軽皇子《かるのみこ》（のちの孝徳天皇）に皇位をゆずり、中大兄を皇太子に立て、中臣鎌足を内臣に任ずるなど、武力政変に功労のあった人物を左大臣や右大臣に取り立てたのである。なお、吉野に隠退した古人大兄は、のちに殺害された、という。

以上、少々長くなったが「乙巳《いっし》の変」の顚末《てんまつ》について述べた。しかし、この事件の最大の謎は、やはり古人大兄が入鹿斬殺の現場を目撃し、「韓人が鞍作を殺した」と言った問題であろう。

見たとおり、『書紀』の記述を素直に読めば、「韓人」とは中大兄を指す思われるが、前記*印の注釈ではそれを明確にせず、「韓政」うんぬんとして事実を曖昧にしている。

なぜだろうか。それについては、さまざまな論議が行なわれてきたが、松本清張氏は、つぎのように述べている。

「古人皇子の言葉には各種の解釈があって、①三韓の貢調にかこつけて殺したというのを避けていった。②身にわざわいがふりかかるのをおそれて下手人を韓人だといった。③三韓の貢調はもともとつくりごとで、そこにニセの韓人も入れていたので、それもいっしょに入鹿暗殺に加わった、などである。」（『清張通史4　天皇と豪族』）

そして氏は、以前「蘇我馬子（蝦夷の父）が崇峻天皇を殺すとき東漢直駒《やまとのあやのあたいこま》を使った」事実にふれ、「馬子がもちいた謀略を、こんどは中大兄らがつかってその孫の入鹿を殺した……。だが、これは両方のやりかたが似ているので、書紀のつくりごとくさい。」と指摘している。

（注：東漢直駒は百済渡来系の武官で、蘇我氏の親衛兵団長であった。）

そうしてみると、「韓人」とは誰か、ほぼ明らかであるが、前掲の『書紀』の注釈には、「諸説あるが、未詳」としながらも、「古人大兄が中大兄のことを『韓人』と間接的に表現したとみたい。」と述べている。

このように、当時の倭国では、百済系をはじめとする朝鮮三国系と駕洛系の諸豪族が互いにしのぎをけずり、王権争奪の血なまぐさい戦いをくり広げていたのである。

六　万葉の挽歌

「乙巳の変」を経て、倭国王権では孝徳天皇が大化改新に関する詔《みことのり》を発布し、新令を下して国政全般に対する改革を推進していった。

また、新羅と頻繁に使節を交換し、諸般の交流を深めるとともに、遣唐使を派遣して東アジアの動向にも多面的に対する外交を進めていった。

こうして、国内に多くの問題を抱えながらも、政治改革は一歩一歩進捗していったが、そうしたさなか、中大兄の妃・造媛《みやつこひめ》が死去したため、宮廷内は深い悲しみにつつまれた。

このとき、野中川原史満《のなかのかわはらのふびとみつ》がその死を悼み、つぎのような歌を詠んで中大兄に捧げたという。


山川に鴛鴦《をし》二ついて偶《たぐ》ひよく偶へる妹《いも》を誰か率《い》にけむ（その一）

本毎《もとごと》に花は咲けども何とかも愛《うつく》し妹がまた咲き出来《でこ》ぬ（その二）

その一の歌意は、山川に鴛鴦《おしどり》が二羽いて、仲良くつれ添っているが、そのような妻をいったい誰がつれ去ったのだろうか、である。

その二の歌意は、みな株《かぶ》ごとに花が咲いているのに、どうして愛しい妻は二度と現れてこないのだろうか、であろう。

この二首の歌を読んだ中大兄は感激し、「よい歌だ。悲しい歌である」とほめ讃え、さっそく琴を授けて唱和させ、絹四疋と布二十端、綿二かますを下賜したという。

作者の野中川原史満は、百済渡来系の史《ふひと》（文官）であったが、彼は倭国最初の挽歌《ばんか》（葬送のとき柩車を挽く人がうたった歌）をうたった歌人として、日本の文学史に末長くその名を残している。

野中は地名。河内国丹比郡中郷（現・大阪府羽曳野市野々上・藤井寺市野中付近）の出身と見られているが、この地域は王仁や王辰爾《ワンジンニ》の子孫が数多く居住し、文化的な教養が高かったという。ともあれ、この挽歌は『万葉集』誕生以前の古代歌謡として『書紀』に収められているが、万葉挽歌の嚆矢《こうし》として高く評価されている。

その意味でもうひとり、山城の豪族・秦氏一族の秦大蔵造万里《はたのおおくらのみやつこまろ》も見落とせない存在である。彼は六五五（白雉六）年に重祚した斉明女帝が、中大兄の皇子・建王《たけるのみこ》が八歳で他界したとき、斉明が詠んだとされる挽歌の実際の作者と考えられている。そのうちの一首。

山越えて海渡るともおもしろき今城《いまき》の内は忘らゆましじ

山を越え、海を渡っても、楽しい今城の地のことは、決して忘れられないであろう、の意。今城は建王ゆかりの地で墓所があるという。

このように当時、素朴で清新な古代歌謡が生まれ、万葉の夜明けを飾った作品は少なくないが、それらは『古事記』や『日本書紀』に筆録された伝誦歌に見いだすことができるのである。

こうして出帆した斉明朝は、やがて百済と高句麗滅亡という衝撃波にさらされるが、それについてはすでに詳述したので、次章からは本題に入って『万葉集』第一巻の歌群から取り上げていきたいと思う。

第六章　初期万葉の時代（中）

一　童謡《わざうた》の謎

大化改新（六四五年）は、倭国における最初の画期的な政治改革であり、古代東アジア的な中央集権国家の構築へ向けての出発点でもあった。

当時、倭国王権の実権者であった中大兄皇子（のちの天智天皇）は、やがて難波に遷都した孝徳天皇と対立し、母（前天皇・皇極）と弟（大海人皇子）、妹（間人《はしひと》皇后）を引き連れて、飛鳥河辺行宮へ移ってしまった。

そして孝徳が悶死すると、中大兄は母を再び即位させ、斉明天皇として反対勢力を押さえ、内外の諸問題に対応して新冠位・公地公民制などを基本とする律令国家の成立をめざして権力をふるった。

しかし、その前途は多事多難であった。わけても飛鳥朝廷に大きな衝撃を与えたのは、朝鮮三国の抗争と唐帝国の介入による百済王朝の滅亡であった。

こうして倭国は急拠、百済救援軍を派遣したが、九州で斉明女帝が急死したばかりか、錦江戦闘（白村江の戦い）で新羅・唐軍に大敗を喫したため、百済の王侯貴族や遺民たちとともに撤退せざるを得なかったのである。

その頃のこと、民衆の間ではたいへん興味深い一つの童謡《わざうた》が流行ったという。童謡とは「舒明・皇極・斉明・天智紀の巻末にあらわれることが多い。時事を諷したものが多く政治的目的のために児童に歌わせ流行させたもの」（『日本書紀』岩波書店版）だという。むろん作者は不明だ。

その童謡は「白村江の敗戦」をうたったものとされているが、『書紀』斉明紀によると、天皇が駿河国に新羅討伐の軍船を造らせたところ、夜中に船の向きが反対になっていたとか、科野国（信濃国）では蝿の大群が西へ向かって飛んだとかいう奇怪な出来事が起こり、人びとは「百済救援軍が大敗する不吉な前兆だ」とささやき合ったという。

そして、その童謡（『書紀』一二二番歌）が流行ったわけだが、原文は万葉仮名で句読点が一つもなく、非常に読みにくいため、ここでは『書紀』（岩波版）の記述にそって、右側に原文、左側に読み仮名をつけてみた。

摩比邏矩都能俱例豆例於能幣陀乎邏賦俱能理歌理鵜
まひらくつのくれつれをのへたをらふくのりかりが
美和陀騰能理歌美烏能陛陀烏邏賦俱能理歌理鵜
みわたとのりかみをのへたをらふくのりかりが
甲子騰和與騰美烏能陛陀烏邏賦俱能理歌理鵜

甲子とわよとみをのへたをらふくのりかりが

ご覧のとおり、「甲子」を除いてみな音仮名表記であるが、これでは誰が読んでも、いったい何をうたったものなのか、さっぱり意味が通じない。

では日本の歴史学者たちは、この童謡をどのように解読したのであろうか。

まず前記の『書紀』の校注者（坂本太郎・家永三郎・井上光貞・大野晋の諸氏）は、「諸説あるが、未だ明解を得ない。要するに、征西の軍の成功し得ないことを諷する歌に相違ない。」と述べている。

また別の『書紀』（小学館版）の校注者（小島憲之・直木孝次郎・西宮一民・蔵中進・毛利正守の諸氏）は、「古来著名な難解の童謡で、今日まで二十余解をみるが、いずれも納得され難い」として、「日本の救援軍の敗北を予言するような意味方向で解すればどうか」という異例の提言をしている。

このように日本の学界では、未だに解読不能としているが、近年、わが同胞側の研究者たちから、その童謡を別の視点から取り上げ、新たに解読するという試みがつづき注目を浴びている。

そこで、その新たな試みを見ていくが、まず、件の童謡の原文を「ハングル読み」し、意訳を試みた在米の古代史研究家・朴炳植《バクビョンシク》氏は、それを「正しく読むためには、吏読《りとう》式な読み方をしなければならない」と前置きし、独自の語釈を行なった上で、つぎのような意訳を試みている。

「いよいよ乞食回りを始める／弓礼《くれ》たちの　くる年だ／おお　鼓《つづみ》遊びに行こうか／雨が降ると

いっても　遊びに行く／雨の降る年だ／おお　鼓遊びに行こうか／行きも帰りも／雨の降る年だ／おお　鼓遊びに行こうか」（『日本語の悲劇』一九八六年）

以前、話題になった書物の一節だが、これでもまだ何を意味しているのか、よく分からない内容である。よって著者の説明を要約してみると、この童謡は、百済最後の城とされる弖礼城から倭国へ逃れた百済遺民を「乞食回りを始める」と嘲笑する一方、倭国が救援軍を送りこむと「血の雨が降る年になる」という戒めだ、という。

たいへん興味深い解読ではある。確かにその当時、倭国内には新羅系の有力な豪族たちも存在し、一定の勢力を保持していたのだから、彼らが童謡の形で百済救援反対の声を広めたことは十分に考えられる。

しかし問題はやはり、その童謡解読の言語学的な裏付けであろう。なぜなら、いまから千数百年前に書かれた万葉仮名の童謡を「吏読式な読み方」で解読するのは的を射ているとしても、それを現代風の「ハングル読み」で解釈するのは、いかがなものか、という素朴な疑問が生じるからである。

（注：吏読＝리두（リドゥ）。ハングル以前に漢字の音訓を借りて朝鮮語を記した表記法。これが発展して郷札＝향찰（ヒャンチャル）となり、郷歌＝향가（ヒャンガ）となった。万葉仮名の原型とみなされている。）

ともあれ、『書紀』の童謡を正しく解読するためには、何よりも比較言語学的な研究と、その客観的な実証が求められるのは言うまでもないであろう。

二　伽耶・百済の漢字音か

ではつぎに、先の問題と関連して、言語学者の所論と意見を聞いてみることにしよう。

ソウル大学校語学研究所の姜吉云《カンキルウン》氏は、その著書の中で、まず「……韓系渡来人やその二・三世が飛鳥・奈良時代の支配層を形成していたので、当時の日本語は土着民ないし先住民の言語と外来の借用語がいりまじって語彙《い》の面では、あたかも多言語国家のような観を呈していたと推定されます」と述べている。

そして、音韻学の側面から童謡や万葉歌の問題を取り上げ、「古代日本語の漢字音は、古代韓語の漢字音を参考にして判読すべきです。特に伽耶・百済の漢字音を参考にして判読するのが理想的でしょう」（『万葉集歌の発生と再生』一九九二年）と注目すべき提言をした。

つづけて姜氏は、童謡や万葉歌に反映されているのは「主として呉音」だとして、これは「伽耶系の渡来人によって早くから伝えられたもの」であるから、「万葉歌を判読するのに、朴炳植や李寧熙《リニョンヒ》のように、漢音と同じ系統の現代の漢字音では、正確に万葉歌が訓《よ》めるはずがありません」と率直に指摘している。

（注：漢字音＝『広辞苑』によると、「漢字の発音。古来、日本に伝来して国語化した漢字の音。古音・呉音・漢音・唐音などの種類がある」という。）

その一方、姜氏は朴炳植、李寧熙（後述）両氏の、日本で話題を集めた一連の著作が、「今後の万葉集や古事記・日本書紀などの古典の再解読を促す起爆剤になった」ことは評価し、先の童謡を当時の人びとが「わざと韓語で歌ったもの」だとして、つぎのような意訳をした。

「戦争が止んだ黄山原（或いは求礼）に、おお！　なぜまた船に乗って出陣するのか。おお！戦争が憎いのに出陣して、見るのも厭な戦に行く船に乗り、また出陣するというのか。おお！すでに百済が降服した後になって、彼らの敗残兵と一緒になって助けてもすでに時遅しなのに、再び見るのも厭な戦に行く船に乗り、出陣するというのか。いや出陣すべきではない。むだ死にするだけなのだ。」

少々長いので省略したところもあるが、先の朴氏の意訳文と読み比べてほしい。かなり違った内容であることに気づくが、一致点もある。それは倭国の救援軍派遣に反対している点だが、前者がそれを暗喩《あんゆ》しているのに対し、後者はそれを直截的に訴えているところであろう。

最後にもう一人、日本で最近、朝・日古代史関連の著書を出版し、関心を呼び起こした金容雲《キムヨンウン》・檀国大学校特別教授に登場していただこう。

金氏は『日本語の正体』（二〇〇九年）の中で、古代朝鮮語、とくに伽耶語・百済語と日本語の相関関係を追究しているが、先の童謡についても、独自の研究結果をひれきしている。

同氏は、たとえば「摩比邏矩《まひらく》……」は「真開く」で、「ま」は接頭語、「歌理《かり》」は雁のこと、というように全文の語釈を行ない、つぎのように直訳した。

「大きく開け津の口々／己の（止る）岸べ　乱れ飛びくる雁に／雨の海も乗り越え、己の岸べ乱れ飛びくる雁に／奇しきたすけに生き残り　己の岸べ／乱れ飛びくる雁に」（注：「かり」は雁に直した。）

そして「白村江の戦い」に赴く倭国軍の兵士に、「負けるに決まっている、早く安心して休めるところを準備しろという切実な思いが込められています」と結んでいる。

以上、これまで日本で難解・不詳とされてきた謎の童謡に対する同胞学者たちの解読を要約してみたが、こうした研究が『記・紀』歌謡と万葉歌を正しく解釈し理解する上て、きわめて有意義であることは論をまたない。

ひとことで言えば、縄文時代にはまだ「無文字文化」の地であった倭の地に、「有文字文化」の国であった古代朝鮮から多くの碩学や高僧、文官や技術者らの知識層が渡来し、倭の地で移住民とともに母国語を伝播すると同時に、漢字を彼ら独自の使用法、すなわち吏読《リドウ》・郷札《ヒヤンチャル》・郷歌《ヒヤンガ》式に、あるいは漢文式に用いて倭語《やまとことば》を表記し、原住民に漢字文化を広めたのである。

三　「怕《おそろ》しき物の歌」

さて斉明天皇の没後、国政を司っていた中大兄皇子（天智天皇）は、「白村江の敗戦」直後、直ちに緊急の国防対策を講じた。

彼はまず六六四（天智三）年、新羅・唐軍の倭国侵攻に備え、対馬・壱岐・筑紫などに防人《さきもり》や烽《とぶひ》（のろし台）を置き、筑紫や長門に水城《みずき》と朝鮮式山城などを築いて国防をいっそう強化した。

（注：水城＝外敵を防ぐため水辺に設けられた土塁・水濠。朝鮮式山城＝百済の亡命貴族・憶礼福留《おくらいふくる》らによっ

て北九州から瀬戸内に築かれた十一ヶ所の山城。）

その一方、天智は冠位二十六階を制定し、氏上・民部・家部を定めると同時に、百済王善光を難波に定住させ、鬼室集斯《きしつしゅうし》に小錦下を授けたりした。また百済の遺民集団を近江の神前郡に住まわせるなど一連の支援措置を講じている。

ところで、李寧煕氏によると、その頃、先の童謡と同じように、朝廷の施策、とくに国防上の築城工事を風刺した万葉歌があるという。むろん従来にはなかった説だ。

それは『万葉集』巻十六の巻末に収録された「怕《おそ》しき物の歌」（三八八七番歌）と題する作者不詳の三首の歌で、これも難訓歌の一つに数えられてきたが、ここではその一首目だけを取り上げたい。

天《あめ》なるや神楽良《ささら》の小野に茅草《ちがや》刈り草《かや》刈りばかに鶉《うづら》を立つも

この万葉歌の訓《よ》み下し文は訳者によって多少異なるが、中西進氏は、「天上にある神楽良の小野で茅草を刈り、草を刈る時に鶉《うずら》を突然飛び立たせるよ」（『万葉集』講談社版）と訓み下した。

そして、題詞は「怕しい物をよんだ歌で、魔除けの呪歌」であり、「神楽良の小野」は「架空の野」、「茅草」は「草の総称」と注解している。

しかし、李氏はこの歌の原文を「韓国語で訓む」と、その真の意味が判明するとして、つぎのように訓み下した。

「お上よ、お前は知っているだろう／新羅らは／やって来るから／伽耶の鉄太刀／太刀、太刀／打ち込むから／山城／立てても無駄さ」（『怕ろしき物の歌』一九九三年）。

以前、韓国女流文学人会会長を務め、『もう一つの万葉集』（一九八九年）をはじめ、万葉歌や日本語、古代史関連の著作を日本で出版して話題をさらった著者の訓み下しである。

確かに好奇心をそそられる解読だが、この場合もやはり語学的な裏付けと実証がなければ、日本側の学者から奇説、珍説と批判されても致し方がないであろう。

むろん著者は、たとえば「神楽」を「シンラ」、つまり「新羅」のことだと注解するなど、独自の語釈を行なっているが、古代の朝鮮語で詠まれたとする万葉歌を現代風の「韓国語で訓む」のは、やはり先に姜氏が指摘したように実証的ではなく、付会とみなされてしまうのである。

もしも、そのように訓み下すのが妥当であるとすれば、この歌も先の童謡と同じく、中大兄の新羅・唐軍対策を批判し、揶揄《やゆ》したということになろう。

ともあれ李氏の結論は、「百済救援のための大水軍出陣を批判した歌、大敗を予言した歌」であるが、これも比較語学的な裏付けという点では、そのまま鵜呑みにできないという危惧がつきまとうのである。

四　近江遷都と百済の亡命貴族

さて、もう一つ、そうした問題との関連で見落とせない『書紀』の童謡（一二六番歌）があった。むろん、これも古来、難訓歌の一つに数えられてきた歌である。

その童謡が流行ったのは、中大兄・中臣鎌足らの改新派が六六七（天智六）年三月、多くの反対の声を押し切って、大和から近江（現・大津市）への遷都を強行したことに端を発している。

このとき、大海人皇子《おおあまのおうじ》は強く反対したが、遷都の理由は、外敵の襲来に備えて大和より近江が安全だという説、また旧豪族の本拠地・大和を脱出して人心を一新させるため、あるいは蝦夷《えぞ》地開拓で人的資源を確保するのに有利な地域であった、などという説がある。

その当時、外敵といえば、百済を滅ぼした新羅と唐しか考えられないが、近江地方は百済系渡来人の集住地であり、一定の勢力があったという事実を無視することはできない。

そうして遷都の翌年正月、中大兄は二十三年もつづけた皇太子の地位から、ついに天智天皇として即位する儀式を挙行し、改新政治の集大成に向けて全力を傾ける態勢を整えたのである。

だが同年十月、新羅・唐連合軍が高句麗をも滅ぼしたという通報は、出帆してまもない近江朝廷に少なからぬ衝撃を与えた。百済の滅亡につづく友好国の敗亡であったからだ。

その後、盟友・中臣鎌足の死を目前にした天智帝は、彼に最高位の大織冠《たいしょくかん》と「藤原」の姓《かばね》を授けている。日本史上最長の権力者・藤原氏の誕生であった。

こうした状況の中で、病を抱えた天智は六七一（天智十）年正月、その生涯における最後の重大決定を下した。すなわち、わが子・大友皇子を太政大臣に任じ、蘇我赤兄《あかえ》を左大臣、中臣金《かね》を右大臣に任命して己れの後継政治体制を発足させたのである。

天智には男子の後継ぎがいなかった。そこで郡司の娘を宮女として大友皇子をもうけたが、当時の慣例からすれば、卑姓の母親から生まれた男子は皇位継承の資格がなかった。

しかし天智は大友皇子に深い愛情を注ぎ、「皇子、博学多通にして文武の材幹あり」（『懐風藻』）と評されるまでに成長したので、皇位継承の資質ありとみなしたのである。

ところが天智のこのような決断は、当時、皇位継承者として最有力であった大海人皇子の排除を意味し、やがて激しい対立を生む大きな要因となった。

天智はまた、先の重大決定を下した正月半ば、再び百済の亡命貴族と遺臣たちに対して、異例とも思える叙爵《じょしゃく》（爵位を授けること）を行なった。

つまり余自信・沙宅紹明に法官大輔を授けて大錦下を、鬼室集斯に学職頭を授けて小錦下を、谷那晋首・木素貴子・憶礼福留・答本春初らの兵法家に大山下を、そして鬼室集信に同じく大山下、吉大尚・許率母・角福牟らの薬学・五経・陰陽学者に小山下などの冠位を授けたのである。

（注：大錦下＝冠位二十六階の第九階。小錦下は第十二階、大山下は第十五階、小山上は第十六階である。）

問題の童謡（『書紀』一二五番歌）が流行ったのはその頃だが、それはつぎのような歌であったという。

橘《たちばな》は　己《おの》が枝々《えだえだ》生《な》れれども　玉に貫く時　同じ緒《を》に貫く

この童謡についての『書紀』（講談社版）の現代語訳は、「橘の実は　それぞれ異なった枝になっているが、玉に貫くときには同じ一本の緒《お》に通すことだ」である。

他の史書もほぼ同様だが、これではやはり何を意味しているのか、よく分からない。そこで古来、日本の学者たちは、この童謡をめぐって、これは亡命百済貴族の叙爵を讃えたものか、あるいはそれを非難した歌なのか、について解釈が分かれているのが実情である。

ところで先の朴炳植氏は、この童謡についても「ハングル読み」し、つぎのように意訳している。


「皆投げ売りするらしい／来る子には　ほらほらと気前よくくれてやる／私も　はいはい　また何かありませんか　ただ　そういうお前は　ウジ虫同然だ／お母ちゃん　あんといっている」（前掲書）

たいへんおもしろい訳だが、たとえば「陀麻爾能短朧岐」という原文が、なぜ「ただ　そういうお前はウジ虫同然だ」と意訳できるのか、ちょっと理解できそうにない。

だが朴氏は、この童謡が意味するのは天智帝の百済貴族に対する叙爵を「苦々しく思っていた」人びとの、非難の声を表していると結論づけている。

あえて言うまでもなく、『書紀』の童謡は必ずしも時事諷刺や批判を主な内容としているわけではない。その意味でつぎのような解釈が成り立つことも考慮しておく必要があろう。

「橘（常世郷から来た果物）は各々異なった枝になっているが、玉に通す時はみな一緒、という童謡を比喩的に用い、亡国百済からの渡来人が、階層や専門職に関係なく、叙爵にあずかり、渡来して八年目の正月に大和朝廷で然るべき地歩を占めるに至ったことへの賛美の気持を歌ったのであろう。」（『書紀』小学館版）

確かに、この童謡を伝える『書紀』の文脈からして、また『書紀』を編纂した史官の殆どが百済系であった事実を考慮すれば、彼らが故国の亡命貴族に対する叙爵を歓迎こそすれ、非難する童謡を採録することは、まずあり得ないであろう。

五　壬申の乱と天武朝の成立

さて『書紀』によると、六七一（天智十）年十月、死期を察した天智帝は弟の大海人皇子を呼び寄せ、「われ病重し。後事を汝に託したい」と語ったという。するど大海人は再拝して、「大友皇子がすべての政務を執り行なうよう乞い願う」と固辞し、己れは天皇のために出家して修行したいと申し出、許しが出ると直ちに剃髪して、吉野山へ向かったという。

世の人びとはそれを知って、「虎に翼をつけて放す如し」と噂したというが、当の大海人は、皇子時代の天智が皇位継承の競争者であった古人皇子に謀反の口実をもうけて殺害した事実、また、叔父・孝徳天皇を難波宮に置き去りにして悶死させ、その子・有馬皇子が狂気を装って逃れようとしたのを絞殺した事実を忘れず、いったん身を引いて天皇権確立という長年の理想を実現しようと誓っていたのである。

そうした最中のことであった。危篤に陥っていた天智天皇は近江大津宮で、ついに波乱にみちた四十六歳の生涯を閉じた。十一月二十三日のことである。そのとき、つぎのような童謡（『書紀』一二六番歌）が生まれたという。

み吉野の　吉野の鮎《あゆ》
鮎こそは　島傍《しまへ》も良き
え苦しゑ　水葱《なぎ》の下
芹《せり》の下　吾は苦しゑ

歌意は、吉野の鮎は吉野川に所を得てよかろうが、大海人皇子は水葱や芹の下で所を得ていず苦しいことよ、である。その頃の大海人の心中を比喩的に諷刺した歌だという。

天智の死去にともない、近江朝廷では急拠、大友皇子が父王の遺志に従い、蘇我赤兄・中臣金らの補佐をうけて即位した、と見られているが、定かではない。なぜなら肝心の『書紀』には、この倭国の重大事に関わる記述が全く見当たらないからである。

その問題について松本清張氏は、「壬申の乱がはじまる段階に入ると、書紀の編者は突如として近江朝廷側の視点を切断してしまう。これは公平を失する歴史書だ。」と批判して、その理由は「もし近江朝廷内部の声や動きを詳細に採録すると……大海人側の皇位簒奪が暴露してくるからである。」（『清張通史』5「壬申の乱」）と指摘している。

こうして日本では、古くから大友皇子の即位説、非即位説が対立していたが、一八七〇（明治三）年、維新政府は「大友皇子を正式に天皇に加え、天智と天武のあいだ（六七一～六七二）に一年足らずの在位をみとめて「弘文天皇」と諡号《おくりな》した」（前掲書）というのである。

したがって戦前の日本では、天皇制の問題に関わるとして、壬申の乱自体の歴史的究明はタブーであったが、今日ではそれを「皇位継承をめぐる内乱」と明確に位置付けている。

周知のごとく、壬申の乱は天智天皇の没後、吉野にこもっていた大海人皇子が六七二（弘文一）年、つまり壬申の年の夏に起こした大規模な軍事政変であった。

大海人は美濃を拠点にして東国兵を動員し、大友皇子の近江朝廷軍と激戦をくり広げ、約一ヵ月後に瀬田付近で近江軍を打ち破った。そのため大友皇子は逃げ場を失い、山前（現・大津市長等山付近か。）で自ら首をくくって果ててしまったのである。

『書紀』はその激戦の模様を詳述しているが、劣勢の近江軍の中で一矢を報いたのは、壱伎史韓国《いきのふひとからくに》という将帥であった。彼はその名前から推して百済系の武将と見られるが、高安城（大和と河内の国境にある高安山の城）の戦闘で大海人軍を撃退する戦果を挙げている。

このように、一ヵ月余におよぶ激戦で勝利をものにした大海人皇子は、六七三（天武二）年二月、飛鳥浄御原宮《きよみはらのみや》で即位し、天武天皇となって倭国に君臨することとなった。

『書紀』によると、「天皇は生まれながらにして、人に抜きんでたお姿であられた。成年に及んでは、たいそう勇猛で、人間わざとは思えない武徳があり、天文・遁甲《とんこう》に秀れておられた」という。

ともあれ、こうして天武天皇は、年来の理想であった律令制国家の建設をめざして、その歴史的な第一歩を踏み出したわけである。

一方、その頃の朝鮮半島情勢に目をやると、百済と高句麗を滅ぼした新羅と唐の対立がしだいに先鋭化し、新羅・高句麗民衆の反侵略闘争がいちだんと激しさを加えていた。『三国史記』新羅本紀には、「唐軍は軍隊を進めて、白水城から五百歩あたりのところに軍営を設けた。わが軍は高句麗軍とともに唐軍を迎え撃ち、斬首だけでも数千級を得た」などという戦果が記録されている。

それは六七二年八月の記事で、ちょうど近江軍の敗北が決定的となったときであるが、まさしくそのように、東アジアは戦乱と激動の時代に突入していたのである。

さて、万葉ファンならずとも、中大兄皇子・大海人皇子と言えば、すぐにあの有名な女流歌人が思い浮かぶであろう。

初期万葉の時代を彩った額田王その人であるが、彼女をめぐる天智と天武の争いが壬申の乱の一つの要因だとする通俗的な見方さえあるという。

ともあれ次章では、その額田王をはじめ初期万葉を代表する秀れた歌人たちの作品を取り上げたい。

第七章　初期万葉の時代（下）

一　万葉の夜明けと王族たち

万葉の夜明けを彩った歌人は、仁徳天皇の皇后・磐姫《いわのひめ》と、「倭の五王」の一人と見られる雄略天皇、そして有名な「憲法十七条」を制定したとされる聖徳太子である。

まず磐姫は五世紀初頭、雄略は五世紀後半、聖徳は七世紀初頭に生きた人物だが、ともに元始的な歌物語の中でうたいつがれている伝誦歌を残した。

その意味で、「初期万葉の人々は、古い時代のヒーローやヒロインを歌物語にしたてて、好んで歌った。磐姫も雄略天皇も、そうした歌物語の主人公の一人一人である」という中西進氏の指摘は留意しておくべきであろう。

さて、磐姫の歌は『万葉集』巻二（相聞）の冒頭に、雄略天皇の歌は巻一（雑歌）の冒頭を飾り、聖徳太子の歌は巻三（挽歌）に収められているが、これは編纂者の意図を反映したもので、それをこの歌集の「混沌性」と見る学者も多い。

なお相聞とは、和歌の分類の一つで、互いに贈答し合った歌のこと。大半は愛の歌である。また雑歌とは、種々《くさぐさ》の歌の意で、公の場で披露された歌のことをいう。そして挽歌とは、死者を哀悼する歌のことである。

では、まず磐姫が仁徳天皇をしのんで詠んだ歌（巻二―八五）から見ていこう。

君が行き日《け》長くなりぬ山たづね迎えか行かむ待ちにか待たむ

（貴方がお出ましになって日数も長くなった。山路をたずねてお迎えに行こうか、それとも待とうか。）

これは古い伝誦歌の一つであるが、磐姫は当時、大和地方の大豪族であった葛城襲津彦《かつらぎのそつひこ》の娘であり、天皇家が王権確立のために、仁徳の后に迎えた女性であった。つまり政略結婚である。ところで『日本書紀』では、この襲津彦が神功皇后の武臣として三度も「新羅征伐」を敢行し、敵城を陥落させたとされているが、これは他の「三韓征伐」記事と同様、根も葉もない作り話にすぎない。

その最たるものが神功皇后の「三韓征伐」だが、日本の歴史学界では一部の皇国史観論者を除いて、これを史実とみなす学者はいない。そこで水野祐氏の見解に耳を傾けてみよう。

「神功皇后の存在も三韓征伐も、どちらも後代（天智・天武朝）に創作された物語であるに過ぎないと考える。ただし、神功皇后にも三韓征伐にもモデルがあった。神功皇后のモデルは新羅親征で有名な斉明天皇（女帝）であり、三韓征伐のモデルは六六三年の白村江口の会戦を頂点として、敗北に終わった新羅遠征であったろう。」（『古代王朝99の謎』）

まさにそのとおりで、それを英雄物語に仕立てたのは『書紀』の編纂を命じた天武朝と、筆録者であった百済系の史官たちだが、葛城氏については、また別の視点からとらえなければならない。なぜなら、その出自が問題だからである。

松本清張氏は当時の大和地方の豪族について、まず蘇我氏は「朝鮮から移住した渡来人であることがはっきりしている」として、「葛城氏・和珥《わに》氏・平群《へぐり》氏・巨勢《こせ》氏など大和盆地の諸部族は、四世紀後半の南朝鮮移住民であったろう」（『清張通史』4「天皇と豪族」）と指摘している。

したがって、「アスカ、カル（軽＝加羅?）、フル（布留）、ナラ（奈良＝国）、コオリ（郡。大化改新前は評）、ムラ、ソオリ（添＝郡名）など大和盆地は朝鮮語に起源すると思われる地名に満ち満ちている」（前掲書）のである。

さて、葛城氏出身の磐姫が嫁いだ仁徳天皇も、古代朝鮮との関わりが深い。『書紀』によると、応神天皇の第四子であった仁徳は、太子のとき、百済の学者・阿直岐《あちき》の推挙により王仁博士を師として学んだという。

『書紀』の応神紀をひもとくと、この時代はとくに古代朝鮮との関連記事が多いことに驚く。それは「この新王朝（応神朝）を外来の征服王朝だと説く歴史家もいる」（中西進氏）ことと関連しているが、その主な記事を列記すると、

・応神七年秋九月、高（句）麗人・百済人・任那人・新羅人らが来朝した。
・同十四年春二月、百済王が真毛津《まけつ》という縫衣工女を遣わした。
・同年、弓月王が百済から渡来、「百二十県の民を率いてきたが、新羅が妨げたので加羅国に

留まらせた」という。
・同二十年秋九月、阿知使主《あちのおみ》がその子・都加《つか》使主と十七県のともがらを率いて来朝した。

これは西暦で言えば、二七六（応神七）年から二八九（同二十）年、つまり日本でいう古墳時代前期の出来事となるが、当時の朝鮮は高句麗・百済・新羅・伽耶などが競合しながら、その移住民集団がひきつづき倭国へと進出し、文明開化に取り組んでいたパイオニアの時代でもあったのである。

二　「国見の歌」と「行路死人の歌」

万葉歌の詠作年代から見て、磐姫のつぎに『万葉集』に登場する歌人は、五世紀末の雄略天皇である。

彼は『古事記』では「愛の物語の主人公」として描かれているが、『書紀』では即位前に人びとから「大悪天皇」と言われ、即位後には「有徳天皇」と称されたというから、不思議な人物と言うしかない。

その雄略の歌は『万葉集』の開巻劈頭を飾っているが、それは「大和の王者」としての雄姿を示す必要があったからであろう。世にいう有名な「国見の歌」（巻一―一）である。

籠《こ》もよ　み籠持ち　掘串《ふくし》もよ　み掘串持ち　この丘に　菜摘《なつ》ます児　家聞かな　名告《の》らさね
そらみつ　大和の国は　おしなべて　われこそ居《を》れ　しきなべて　われこそ座《いま》せ　われこそは　告《の》らめ　家をも名をも
（美しい籠と篦《へら》を手に、この丘で菜を摘む乙女よ、お前はどこの家の娘で名は何という。大和の国は　私が治めている。私こそ明かそう、家柄も名も。）

これは誰が見ても「妻問歌《つまといのうた》」、つまり求婚歌だが、異論がないわけではない。たとえば前章で取り上げた李寧熙氏は、「これは妻問歌ではありません。雄略天皇の即位宣言であり、しかも全文韓国語で書かれています」（『もう一つの万葉集』）と結論づけている。

しかし、やはり的外れの感は否めない。ましてや「全文韓国語で書かれている」という結論は、「こじつけ」と批判されても致し方ないであろう。

その李氏が万葉歌の中で「全文韓国語で訓《よ》めた」とする歌は十数首におよぶのだが、それに対する言語学者・姜吉云氏の指摘は、きわめて注目すべきものがある。

姜氏は「万葉集が日本の作品である以上、それは日本語で訓み、日本語の歌と見るのが当然」とした上で、李氏の「訓み方」でいけば、「万葉仮名で表記した歌以外のものは、みな韓語で解読できることになる」と批判している。

そして同氏は結論的に、『書紀』の童謡《わざうた》と万葉歌の中で、「全文が韓語で作られたと思われるのは、日本書紀の第一〇七、一一二番歌と、万葉集の第九番歌の三首だけである」（『万葉集歌の発生と再生』）と断言したのである。むろんこれは同氏のそれまでの考証によるもので、今後の研究によっては新たな作品が発見できるかもしれない。

なお、姜氏が挙げた『書紀』の童謡は前号で取り上げた作品であり、「万葉九番歌」は、古来『万葉集』中「第一の難訓歌」とされてきた額田王の歌（後述）である。

つぎに、聖徳太子の挽歌（巻三―四一五）を取り上げよう。

家にあれば妹《いも》が手まかむ草枕旅に臥《こや》せるこの旅人あはれ
（家にいたら妻の手を枕としているであろうに、草を枕の旅路で倒れているこの旅人よ、あわれ。）

この歌は太子が龍田山（奈良県生駒郡三郷町立田付近）で飢え死にした人を見、深く悲しんで詠んだという聖徳太子伝説の中の一首である。

『書紀』によると、聖徳太子は五七四（敏達三）年、用明天皇の第一皇子として、いまの橘寺《たちばなでら》（奈良県高市郡明日香村）で誕生したという。

高市郡と言えば、まさに飛鳥文化の発祥地で、高松塚古墳のある檜前《ひのくま》村は百済渡来人の一大集住地であった。それは東漢《やまとのあや》氏の長であった坂上田村麻呂が上奏文で「他姓の者は十にして一、二なり」と述べたように、人口の八、九割が百済人で占められていたのである。

周知のごとく、聖徳太子はその出自が示すように、百済系の大豪族・蘇我氏との血縁がきわめて濃厚であった。それは父方・母方ともに祖母は蘇我稲目《いなめ》の娘であり、妃の一人も蘇我馬子《うまこ》の娘であった事実によく表れている。

五九三（推古元）年四月、聖徳太子は倭国初の女帝・推古天皇の皇太子となり、国政のすべてを委ねられる摂政となった。そして高句麗の学問僧・慧慈《ヘジャ》を師として仏教を学び、百済の博士・覚哿《カクカ》からは儒教を学んで、それをことごとく習得したという。

とくに著名な慧慈は五九五（推古三）年に来日し、同じく百済の慧聰《ヘチョン》とともに「三宝の棟梁」と崇敬され、百済王が遣わした工人と高句麗王が送った鍍金用の黄金によって建立された、倭国初の本格的寺院・飛鳥寺（法興寺）に起居して仏法の広宣に尽くした。そして六一五（推古二十三）年に帰国したが、彼が聖徳太子の政治・学問思想の深化に決定的な影響を与えたのは言うまでもない。

こうして聖徳太子は六〇三（推古十一）年に冠位十二階を制定し、中央集権的統一国家の確立をめざす官僚支配体制を構築して、その翌年には倭国初の成文法とされる「憲法十七条」を公布したのである。

この冠位十二階制と「憲法十七条」は、すでに日本の学者たちが指摘したように、聖徳太子が朝鮮三国の政治・法律制度などを学んで創出したとみなされている。

太子はまた、外交面でも新機軸を打ち出した。隋帝国との国交樹立だが、これは水野裕氏が指摘したように、「太子の師である高句麗僧慧慈の示唆によるもの」であった。

そして六〇七（推古十五）年、太子は第一回遣隋使として小野妹子を派遣し、その国書に有名な「日出づる処の天子、書を日没する処の天子に致す。恙《つつが》無きや」と記して煬帝の怒りを買ったが、翌年の国書では「東天皇、敬みて西皇帝に白《もう》す」で始まる対等の文言を連ねている。

こうして聖徳太子は「天子」の文字を、隋は「皇帝」に、倭国は「天皇」に改めたのであるが、この「天皇」号の採用は、天皇を最高の統治者として、絶対的存在として位置づけており、その意義はきわめて大きい。

それ以後、太子は短い生涯の晩年を仏教研究と修史事業に費やしたが、その集大成は『三経義疏』であり、『天皇記』と『国記』などである。しかし天皇の系譜を明らかにし、各氏族の戸籍を再編成したと見られる後者の二書は、蘇我氏滅亡の際に大部分焼失したため、残念ながら現存しない。

蘇我氏のごとく、朝鮮渡来の各氏族は早くから戸籍台帳を作成していたので、もし『天皇記』と『国記』が現存していれば、倭国王権のルーツはさらに明確になっていたであろう。

三　百済宮の天皇と宮廷歌人

初期万葉の中心的な歌人は、舒明・天智の両天皇と有馬皇子、額田王などの宮廷歌人である。いずれも学校の教科書でよくお目にかかった歌人であるが、なかでも舒明天皇（岡本天皇）の秋の雑歌（巻八―一五一一番）は、中学あたりで暗誦させられた人が多いに違いない。

夕されば小倉《をぐら》の山に鳴く鹿は今夜《こよひ》は鳴かずい寝《ね》にけらしも

（夕方になると小倉の山で鳴く鹿が今宵は鳴かない。もう寝てしまったのであろうか。）

「天皇家系図」によると、舒明天皇は敏達天皇の孫で、押坂彦人大兄皇子の子である。成人して聖徳太子の長子・山背大兄皇子と皇位を争い、六二九（舒明元）年一月に即位した。その後、皇后に宝皇女《たからのみこ》（のちの皇極・斉明天皇）を迎え、古人大兄皇子・中大兄皇子・大海人皇子・間人皇女《はしひと》をもうけている。

こうして舒明は六三九（舒明十一）年七月、「今年、百済大宮《くだらのおほみや》と百済大寺《くだらのおほでら》を建立し、百済川のほとりを宮処《みやどころ》としよう」という内容の詔を下した。長年の念願だったのであろう。

しかし『書紀』によると、彼は六四一（舒明十三）年の冬、百済宮で他界し、「百済の大殯《おほもがり》」によって葬られたという。

倭国の天皇がなぜ、自分の王宮名や官寺名に「百済」という国名を冠したのか、という疑問も生まれるだろうが、その理由をあえて縷々《るる》と説明する必要はないであろう。

そこで史実を追ってみると、舒明の父・敏達天皇が即位したとき、『書紀』には「百済の大井に宮をつくる」という記事が見えるが、この「百済の大井」という地名については、①『和名抄』にある「河内国錦郡百済郷」（現・河内長野市）と見る説、②『書紀』に見える「石川の百済村」（南河内郡太子町）説、そして③現・奈良県北葛城郡広陵町百済と見る説、④天香久山（橿原市）の麓にある「東百済・西百済」などの諸説がある。そのうち有力視されているのは③、④説だ。

このように奈良県には百済という地名が数多いが、舒明天皇の王宮は『書紀』に「百済川（現・

曾我川）のほとり」とあるので、③説が該当とすると見てよいであろう。

ともあれ、百済という地名や河川名、寺院名などは、すべて百済渡来の移住民集団が故国にちなんで名付けたものであり、その集住地の一つに舒明天皇の王宮があったわけである。

百済野の萩の古枝《ふるえ》に春待つと居りし鶯《うぐひす》鳴きにけむかも

（百済野の萩の古枝で春の到来を待っていた鶯は、もう鳴きはじめただろうか。）

山部赤人の雑歌（巻八―一四三一）であるが、これは百済宮のあった百済野の風景である。以前、私は二度ほど、その広陵町百済の史跡を訪ねたことがあるが、そこは百済大寺の伝承地で、創建は聖徳太子とされている。現在の百済寺（国重文）は鎌倉時代の再建。秀麗な三重塔が印象的であった。

四　「万葉の女神」額田王をめぐって

『万葉集』を代表する歌人の中で、千数百年を経た今日に至ってもなお、古代ロマンの「美しきヒロイン」として描かれているのは、額田王をおいてほかにないであろう。

彼女を小説化した現代作家は数多いが、なかでも井上靖の『額田女王』、黒岩重吾の『茜に燃ゆ〈小説額田王〉』、永井路子の『茜さす』などは話題を呼んだ作品である。

そして額田王の作品と女人像に関する万葉学者たちの研究、有識者たちの随筆、小品などは、文字どおり枚挙にいとまがないほどだ。

しかしまた、額田王ほど大きな謎につつまれた歌人も稀である。なぜなら彼女は、まず生没年が明らかでなく、出自・出生地も諸説が入り乱れているばかりか、大和王権の宮廷における彼女の位置、そしてその歌風の特異性など、まさに深い霧に閉ざされた「謎の女王」でもあったからである。

ところで、額田王と言えば「熟田津の歌」（第四章参照）をはじめとして、万葉史を飾る名歌、秀歌が思い出されるが、その歌数は長歌三首、短歌十首の計十三首にすぎない。それは同じく万葉の代表的歌人である柿本人麻呂の八十九首、山上憶良の七十八首、大伴家持の四百七十四首に比べると、その差は歴然とする。

にもかかわらず、額田王の数少ない作品と女人像が話題を呼ぶのは、彼女が「天智と天武という二人の天皇に愛された美女であり、そうした恋のしがらみの中で、数々の名歌を織り成した才媛……といったイメージ」（梶川信行「美しきヒロインの実像」）を持つからに違いない。ともあれ、これまで明らかになった史実も含めて、額田王の足跡を少したどってみることにしよう。

まず彼女の名前から見ていくと、『万葉集』には「額田王」とあるが、『書紀』天武紀には「額田姫王」、『薬師寺縁起』には「額田部姫王」となっている。

どちらが正しいのか、これも謎の一つだが、その出身地は①大和国平群郡額田郷説、②近江国鏡山山麓の鏡里説が有力だが、まだ確定されていない。しかし両地域とも、古代朝鮮移住民の集住地であった点は見落とせないだろう。

ところで『書紀』には、天武天皇の即位記事（六七三年二月）につづいて、「天皇は初め鏡王《かがみおう》の娘・額田姫王を娶って、十市皇子命《といちのみこのみこと》を生んだ」とある。

そこで額田王の父は鏡王とみなし、万葉歌人・鏡王女を姉とする説が注目され、「王は近江に生まれ額田部の郷に育てられた娘で、鏡王女とは姉妹ではないだろうか。額田部の氏族（額田臣・額田首・額田村主）は神事にも関してきた一族で、額田部連は渡来族にも交渉のある一族である」（中西進氏）という見方が有力となったのである。

（注：額田王の生年については諸説あるが、六三〇～六三五年頃と見る説が有力である。）

こうして額田王は、山上憶良の『類聚歌林』によると、六四八（大化四）年に、つぎのような処女作（巻一―七）を詠んだとされている。

秋の野のみ草刈葺《ふ》き宿《やど》れりし宇治の都の仮盧《かりいほ》し思ほゆ

（秋の野のかやを刈って屋根に葺き、旅宿りをした宇治の都の仮りの庵が思い出されます。）

一方『書紀』は、この歌を六五九（斉明五）年の作としているが、どちらの詠作年代が正しいのか、いまのところ確定されていない。

しかし、その頃のことであろうか、額田王は若き大海人皇子に召されて宮女となり、十市皇女を生んだと考えられている。

前出の『薬師寺縁起』には、天武に三人の采女《うねめ》（後宮の女官）がおり、その最初に「鏡王額田部姫王　生一女　十市女」と記されているというから、額田王が鏡王の娘であったことは間違いないであろう。

また鏡王は、近江国の鏡山（現・滋賀県蒲生郡竜王町鏡山）の住人と見られるが、『書紀』によると、この一帯は「新羅王子・天日槍《あめのひぼこ》の従人」たちが「陶人《すえびと》」、つまり陶工として活躍したところである。

そして、当地にはいまでも鏡神社が鎮座しているが、その由緒記には「王子（天日槍）は大勢の技術者を従えて医師、薬師、陶師、金工師、建築、造船、農耕に至るまで広く昔の日本に貢献して下さった神である」（石原進・丸山竜平著『古代近江の朝鮮』）と記されているという。

（注：天日槍・天之日矛＝『記・紀』の説話に登場する新羅王子。垂仁朝の頃に渡来し越前・近江・丹波などを経て但馬に留まり出石神社の祭神となった。『播磨国風土記』では土地争いの神とされている。）

したがって鏡王は、その技術集団の長として活躍していたと考えられるし、額田王はその膝下で美しく育ち、故国の文化をも身につけた知性豊かな才媛として、その噂が都にまで伝わっていたのであろう。

ところで問題は、彼女の第二作目と見られる『万葉集』中「第一の難訓歌」、つまり斉明天皇が「紀の湯温泉に幸《いでまし》し時」の歌（巻一―九）である。原文はこうだ。

莫囂圓隣之　大相七兄爪謁氣　吾瀬子之　射立爲兼　五可新何本

この歌をいったい、どう訓み下すのか。誰しも頭を抱えてしまうであろう。古来、その訓み下し方も十人十色であったが、現在では初めの「莫」から「気」までの十二字を除いて、つぎのように訓み下すようになった。

莫囂圓隣之大相七兄爪謁氣　我が背子が　い立たせりけむ　嚴橿《いつかし》が本《もと》

しかし初めの十二字が訓めない以上、これは解読不能の歌とすべきではないだろうか。そこで、この万葉歌の謎にも挑んだ松本清張氏の見解を聞いてみることにしよう。

氏はまず冒頭の「莫囂圓隣」を、「圓隣《まわり》で騒いではいけない」と解き、歌の意味は「(行幸を見送る)官人たちに隣やまわりを囲まれて、ここからはよく見えないけれど、遠い紀の国に行かれるわが背子は、あの橿の木の下に立っておられるらしい」(「私の万葉発掘」)としている。

なるほどと、歌の意味は少し通じるような気もするが、まだ釈然としないものが残るであろう。そこで先に、万葉歌の中で唯一、この歌を「全文、韓語で作られた」と結論づけた姜吉云氏の古代朝鮮語による解読の試みを見てみよう。

姜氏は、松本氏が「莫囂」を「騒ぐなかれ」と訓んだのは「先見の明があった」として賛同し、「大相」は高句麗の官職名、「七兄」は七人の兄を意味するとして、この歌を直訳すれば、「騒ぐな、大相・七兄が拝謁すべく、吾が背子が『行きなさい』と言ったのか？　『行こう』と幾度も」

となる、とした。但し原文の「吾瀬子」だけは倭語である。

そうして姜氏は、この「歌の具体的な意味」について、つぎのように述べているが、少々長いので要約する。

「騒がないで。高句麗使節の大相と七人の兄が天皇に拝謁するというのに。夫の中大兄皇子は私に、『ここから早く去ってほしい』と促した。なぜだろうか？　高句麗使節と共に大海人皇子が来るので、私と出会うのを嫌って『去ってほしい』と言ったのではないか。それで従者に『行こう』と言いながらも、私の足が進まないのをどうすればよいのか。」

たいへん傾聴に価する内容だが、とすれば、この歌は「紀の湯温泉」行とは関係なく、額田王が高句麗使節の来日時にあった出来事を回想して詠んだ歌ということになるであろう。

『書紀』によると、その頃、高句麗使節が来日したのは斉明元（六五五）年、同二年、五年、六年となっている。また天智朝では六七一（天智十）年一月、高句麗の上部《サンプ》大相《テサン》・可婁《カル》らが来日し、八月まで滞在しているが、これでは詠歌年代と合わない。

ともあれ、確かなのは六六八（天智七）年五月、近江の蒲生野で行われた薬狩《くすりがり》のときの、額田王と大海人皇子との有名な相聞歌（巻一―二〇、二一）である。

あかねさす紫草野《むらさきの》行き標野《しめの》行き野守は見ずや君が袖振る
（あかね色をおびる、あの紫草の野を行き、その御料地を行きながら、野の番人は見ていないでしょうか、あなたが袖をお振りになるのを。）

紫草《むらさき》のにほへる妹《いも》を憎くあらば人妻《ひとづま》ゆえにわれ恋ひめやも
（紫草のように美しいあなたが憎かったら、人妻と知りながら恋しく思いましょうか。）

この両歌は、薬狩後の宴席で詠まれたとする説もあるが、その蒲生野を見下ろす船岡山には、いま古代ロマンの華を咲かせた両人の歌碑が建てられているという。

第八章　白鳳万葉の時代（上）

一　天武とその皇子たち

初期万葉の時代を第一期とすれば、白鳳《はくほう》万葉の時代は第二期にあたるが、まず白鳳という時代について認識を新たにしておこう。

『広辞苑』によると、白鳳時代とは「日本文化史、特に美術史の時代区分の一。飛鳥時代と天平時代の中間。七世紀後半から八世紀初頭まで。中でも壬申の乱（六七二年）後の天武・持統朝では、天皇の権威が確立し、律令の制定、記紀編纂の開始、万葉歌人の輩出、仏教美術の興隆など、初唐文化の影響の下に、力強い清新な文化を創造した。」という。

きわめて簡潔で分かりやすい解説だが、万葉の歴史から見ると、この時代は六七二（天武元）年の壬申の乱から、持統天皇が死去した七〇二（大宝二）年までの三十年間にあたっている。すなわち天武・持統・文武の三天皇の治世であるが、それを元明天皇の平城遷都（七一〇年）までの四十年間とする万葉学者も少なくない。

さて、壬申の乱についてはすでに述べたが、ひとことで言えば、それは天智天皇の死後、長子の大友皇子を擁する近江朝廷に対し、皇弟の大海人皇子が反乱を起こして王権を掌握した倭国最大の武力政変であった。

その後、即位した天武天皇は、律令体制をいっそう整備して社会を安定させ、持統・文武天皇を中心とする藤原京の全盛時代へと引き継がれていった。

この時期の主な歌人は、あの有名な柿本人麻呂をはじめ、天武・持統の両天皇、大津・志貴・高市・弓削《ゆげ》の諸皇子、大伯・但馬の両皇女と藤原夫人、石川郎女、志斐嫗《しひのおうな》、高市黒人《たけちのくろひと》、長意吉麻呂《ながのおきまろ》、春日老《かすがのおゆ》などである。

見たとおり、第一期につづいて王族の歌人たちが多いが、それ以外の宮廷歌人や官人らも初めて万葉史に登場しているのがひとつの特徴と言える。

ではまず、年次にしたがって天武天皇の歌から見ていくことにしよう。

「天皇家系図」によると、彼は六四一（舒明十三）年、大和の百済宮で生涯を終えた舒明天皇の第三皇子（大海人皇子）で、天智天皇は実兄にあたり、「白村江の戦い」では、ともに百済救援に出陣している。

その後、壬申の乱で大勝利をものした彼は、六七三（天武二）年、近江から遷都して飛鳥で即位し、天智の次女・鵜野《うの》皇女（のちの持統天皇）を后として、一人の大臣も任命せず、皇后と皇子による「皇親政治」によって「天皇は現人神《あらひとがみ》」とする絶対的な古代天皇制律令国家を築き上げたのである。

その天武天皇が皇子時代、つまり六六八（天智七）年、兄・天智天皇の蒲生野・薬狩のとき、額田王と宴席で唱和したという有名な贈答歌は、前記のごとく「あかねさす紫草野行き標野行き野守は見ずや君が袖振る」（額田王）に対し、「紫草のにほへる妹を憎くあらば人妻ゆえにわれ恋ひめやも」であった。

それは当時、額田王が天智天皇の後宮であったことを物語るだろうが、彼女が天智を思いこがれた名歌（巻四―四八八）には、つぎのような一首がある。

君待つとわが恋ひをればわが屋戸のすだれ動かし秋の風吹く
（あなたを待つと恋しく思っていると、わが家のすだれを動かして秋の風が吹いてきます。）

原文は「君待登　吾戀居者　我屋戸之　簾動之　秋風吹」で、そのまま読み下すことができるが、この名歌は「万葉の女神」として、宮廷歌人の草分けとしての万葉仮名の原風景を今に伝えてくれるような作品である。

一方、天武は飛鳥浄御原宮で即位すると、額田王を采女《うねめ》（女官）として娶《めと》り、十市皇女をもうけているから、彼にしてみれば、やっと長年の恋が実ったことになるであろう。

さて『万葉集』に見える天武の歌は、前記の一首を含めて四首だが、機知に富んだつぎの歌（巻一―二七）もよく知られている。

よき人の　よしとよく見てよしと言ひし　吉野よく見よ　よき人よく見つ

（立派な人がよい処としてよく見て「よし（の）」と言った。この吉野をよく見るがよい。立派な人もよく見たことだ。）

左注によると、この歌は天武八年（六七九年）五月、天武が吉野に行幸したときに詠んだという。世にいう「六皇子の盟約」があったときで、天武は草壁《くさかべ》・大津・高市・忍壁の四皇子と天智の遺児・川島・志貴の二皇子に親交と相互扶助を誓わせている。

そして天武は、六八一（天武十）年二月、鸕野皇后との間に生まれた草壁皇子を皇太子《ひつぎのみこ》に立てる決断をし、すべての政務に関わるようにと命じたが、この決断がわが子・草壁への譲位を意図したものであったことは明らかである。

それと同時に、天武は川島皇子を筆頭に、忍壁皇子・広瀬王・竹田王ら十二名に「帝紀および上古の諸事を記し校定せよ」と命じている。

こうして、やがて重い病の床につき、迫りくる死期を悟った天武は、ついに「天下の事は大小を問わず、ことごとく皇后および皇太子に啓《もう》せ」という詔を下した。

この詔が天武から草壁皇子への、実質的な譲位宣言であったことは言うまでもない。六八五（天武十四）年七月のことである。

二　大津皇子の悲劇

飛鳥朝の人びとは誰しも、天武天皇による譲位の詔が下された以上、すでに皇太子となっていた草壁皇子が新大王として直ちに即位するものと考えていた。

しかし、なぜか草壁皇子は即位しなかった。いや即位できなかった、と言う方が当たっているかも知れない。その理由としては幾つかの説が出されているが、やはり彼は幼い頃から父母の寵愛をうけすぎたためか、病弱の身であったという事実が主因として挙げられよう。

では、それまで皇位継承のライバルと目されていた大津皇子は、どのような青年であったろうか。

その大津皇子については、「状貌魁梧、器宇峻遠」（身体容貌たくましく人品高く奥深い）人物であったという『懐風藻』の記事が知られているが、彼が師事したと見られる新羅の僧・行心からも、「太子の骨法、これ人臣の相にあらず」と評されるほどの逸材であったらしい。

こうして注目を浴びるようになった大津皇子は、鸕野皇后の姉・大田皇女と天武との間に生まれた子であって、兄の草壁と同様、天武の寵愛をうけて育ったが、この「腹違い」の兄弟は全く対照的な存在であった。

なぜかと言えば、この両皇子は皇位継承問題だけでなく、石川郎女《いしかわのいらつめ》という同じ一人の女性まで愛するという、まさに運命的なライバルにもなってしまったからである。

たとえば、ある折りに草壁皇子は、その石川郎女（大名児とも）に、「大名児《おほなご》が彼方野辺《をちかなのべ》に苅る草《かや》の束《つか》の間もわれ忘れめや」（巻二―一一〇）という求愛の歌を贈ったという。だが、なぜか彼女はその歌に応えようとはしなかった。

ところが大津皇子から、「あしひきの山のしづくに妹《いも》待つとわが立ち濡れし山のしづくに」（巻二―一〇七）という愛の歌が贈られると、彼女は「吾《あ》を待つと君が濡れけむあしひきの山のしづくに成《な》らましものを」（巻二―一〇八）という返歌で、私はそのしづくになりたい、と己れの恋情を秘めた歌を贈ったのである。

こうして結局、二人は契りを交わしたが、このことを、ライバル大津皇子を陥れる鵜野皇后側の「わな」ではなかったか、と指摘する説もあって、その謎はますます大きくふくらんでくる。

それはなぜか。それは大津皇子が石川郎女と共寝をしたあと、「大船の津守が占《うら》に告《の》らむとはまさしに知りてわが二人寝し」（巻二―一〇九）とうたい、陰陽師《おんみようし》の津守連通が二人の関係を朝廷に告げると知った上で契りを結んだと、毅然としてその事実を認めているからである。

ともあれ、鵜野皇后がわが子・草壁を溺愛するあまり、是が非でもその即位を実現しようとして、ライバルの大津皇子を陥れようと企んだ可能性は高い。

こうした状況の中で、日に日に容態を悪化させていった天武天皇は、六八六（朱鳥元）年九月、ついに息をひきとり、文字どおり波瀾万丈の生涯に幕を降ろした。

そして、その「発哀《みね》」（葬儀のとき弔意を表して泣き叫ぶこと）が行われているさなかであった。なんと大津皇子が「謀反」の罪で捕らえられ、死に追い込まれるという衝撃的な事件が起こったのである。

この事件は今日なお、古代史の謎の一つとして論議がつづいているが、通説では新羅の僧・行心が大津皇子に謀反をそそのかし、それを察知した川島皇子が朝廷に密告したことになっている。果たしてそうであろうか。中西進氏のつぎのような見解に耳を傾けてみよう。

「いま天武の死に際して皇太子の即位を実現するためには、大津（皇子）排斥は皇后の焦眉の問題となってきた。第二の口実は、密通などという生ぬるいことではなくて、謀反をはかっているということだった。……こんどは川島という天智の子の、天武朝廷における生き難さが利用された。川島は大津と「莫逆の交《まじわり》」を結んでいたという。これも、大津に近づいて生きようとする保身の術と、とれなくもない。この保身の術を逆手に皇后がわは利用した。大津の「謀反」は川島によって密告される。……皇后がわの陰謀だったことは疑いない。」（『万葉集入門』角川文庫）

非業の最期を前にした大津皇子は、磐余《いはれ》の池のほとりで涙を流し、つぎのような歌（巻三―四一六）を詠んだという。

ももつたふ磐余の池に鳴く鴨を今日のみ見てや雲隠《くもがく》りなむ
（数えて百に至る磐余の池に鳴く鴨を見るのも今日かぎりとして、私は雲の彼方に去るのだろうか。）

大津皇子は漢詩もよくした。『懐風藻』に収められた彼の辞世の詩「臨終。一絶。」はこうである。

金烏《きんう》西舎に臨《て》らひ、
鼓聲《こせい》短命を催《うなが》す。
泉路《せんろ》賓主《ひんしゅ》無し、
此《こ》の夕《ゆふへ》家を離《さか》りて向かふ。

金烏は太陽のこと。夕日は西に傾き、時を告げる鼓の音は自分の短命をせきたてる、泉路（黄泉の道）には客も主人も無く、自分一人だが、この夕べ家を離れて死出の旅に向かうのだ、の意である。

いみじくも『書紀』は、彼の享年を二十四と伝えたあと、日本の「詩譜の興隆は、皇子大津に始まった」と記している。

三　「歌聖」柿本人麻呂について

ではつぎに、古来「歌聖《うたのひじり》」と崇敬され、『万葉集』最大の宮廷歌人と評されている柿本人麻呂について見ていこう。

柿本人麻呂と言えば、たぶん学生時代の教科書などで、つぎのような名歌（巻三―二六六）を教えられた人も多いに違いない。

淡海《あふみ》の海夕波千鳥《ゆふなみちどり》汝《な》が鳴けば情《こころ》もしのに古《いにしへ》思ほゆ
（近江の湖、その夕波の上を飛ぶ千鳥よ、お前が鳴くと心もうちしおれて、近江の都が栄えた昔のことが思い出されてならない。）

老教師が教壇で、この歌を声高らかに朗詠してくれたことを再び思い出すが、この作品の題詞は「柿本朝臣人麻呂の歌一首」となっていて、人麻呂が朝廷に出仕していたとき、琵琶湖の夕波の上を飛び交う千鳥を見て、近江の都が栄えた昔のことをしみじみと思い浮かべながら詠んだ歌だとされている。

「夕波千鳥」という美しい描写も、人麻呂独特の造語力が生んだもので、いまなお脳裏に刻まれているが、その千鳥は人麻呂が敬慕していたと思われる英主・天智天皇の霊魂であったという解釈もあって、たいへん興味深い。

そう言えば、人麻呂には「近江の荒れたる都」を詠んだ有名な作品が多く、その歌群から彼が宮廷歌人として注目されはじめたと考えてもよいであろう。

近江の都とは、百済救援の倭国軍が「白村江の戦い」（六六三年）で大敗したのち、天智天皇が国防のために六六七年三月、宮都を飛鳥から近江へと移した大津京のことである。

当時、近江は百済人勢力が蟠踞《ばんきょ》していた地域だが、その大津京も壬申の乱によって近江朝が敗れたのち、天武天皇が宮都を再び飛鳥へ移したため、荒れ果てた廃墟と化してしまった。

そこで人麻呂は、昔日の大津京を深い懐古の情で幾度も歌にし、その荒廃ぶりを痛嘆したのだが、そのことから人麻呂が壬申の乱のとき、近江軍側に加わっていたのではないか、あるいは、彼の出生地は近江ではなかったか、などの説も出されたりしている。

このように、「天下第一の詩人」とうたわれた柿本人麻呂も、額田王の場合と同じように、生没年未詳、出生地・経歴も未詳ということで、深い謎につつまれた歌人であったのである。

戦後の「万葉ブーム」に拍車をかけた梅原猛氏の『水底の歌』（一九七三年）も、そうした人麻呂にまつわる謎の解明に鋭く切り込んだ問題作で、氏の人麻呂流罪・水死説が万葉ファンだけでなく一般の読書人にも大きな衝撃を与えたのは記憶に新しい。

その後、柿本人麻呂研究はいちだんと進捗していったが、彼が初めて万葉史に姿を見せるのは、前述の皇太子・草壁皇子が六八九（持統三）年四月、二十五歳の若さでこの世を去ったときである。

そのとき人麻呂は、草壁皇子の「殯宮《あらきのみや》」（葬送まで遺体を安置する宮殿）が営まれたのを見て、「天地《あめつち》の　初めの時　ひさかたの　天の河原に　八百万《やほよろづ》　千万神《ちよろづ》の　神集《つど》ひ……」という詩句で始まる有名な挽歌（巻二―一六七）を格調高くうたいあげたのであった。

こうして宮廷歌人としての第一歩を踏み出した人麻呂は、その後、高市皇子や明日香皇女の殯宮挽歌を詠んでいるが、それらは作歌年次の明確な作品であるからして、経歴未詳の彼も持統・文武時代に作歌活動を展開していたことが浮かび上がってくる。

このような事実を踏まえながら、まず人麻呂の出自に関する謎を追ってみると、改めて確認すべきことは、柿本氏が大和の豪族・和珥《わに》氏の後裔氏族であったという点である。

そこで佐伯有清編の『日本古代氏族事典』をひもといてみると、和珥氏とは「五世紀から六世紀初葉にかけて勢力を持った大豪族。丸邇・和邇・丸とも記す。氏名は大和国添上郡に所在した和爾庄（奈良県天理市和爾町）・和珥坂などに因む」という。

そして『書紀』には、孝昭天皇の皇太子・天足彦国押人命《あめのたりひこくにおしひとのみこと》が和珥氏の始祖とあって、皇別の始祖系譜を持つとし、雄略朝の頃から「春日《かすが》和珥とも称する」ようになり、そこから「大宅・小野・粟田・柿本の有力氏族が分出して」いったと解説している。

「春日」とは奈良市東部地域を指すが、柿本氏はその地で栄えた和珥氏の後裔で、彼らの家門のそばに柿の木があったことから「柿本」という氏名が生まれた（『新撰姓氏録』）という伝承を持つ。

ともあれ和珥氏は、すでに松本清張氏が指摘したように、葛城・平群・巨勢などの諸豪族と同じく、四世紀後半頃に、大和盆地へ移住して勢力を拡大した朝鮮渡来の氏族だったのである。

このように柿本人麻呂は百済渡来氏族の子孫とみなされているが、それは彼の妻であり万葉歌人でもあった依羅娘子《よさみのおとめ》の出自が「百済国人素彌志夜麻美乃君也」（『姓氏録』）であったことからも裏付けられるだろう。

では、彼の出生地はどこであったろうか。

この問題に関しては、前にふれた近江説をはじめ、人麻呂が死去したと見られる石見説、そして柿本氏の集住地であった大和説などが唱えられている。

しかし、和珥氏族の勢力圏であった大和国添上郡を勘案すれば、やはり大和説が妥当性を持つと考えられるが、中西進氏の見解はこうであった。

「和珥は和爾《わに》を本貫（本籍地）とするであろう。すると人麻呂は今に和爾の字名《あざ》を残し、式内社和爾下神社の存する櫟本《いちのもと》（天理市）に生まれたと考えるべきであろう。和爾下神社の傍《かたわら》には柿本寺《しほんじ》あとと称するところと人麻呂塚と呼ばれる塚があって歌塚の碑を残している。」（前掲書）

むろん異説もあるが、これで出生地の方はほぼ確定できるとしても、前述のごとく生没年・経歴などは、いまのところ、まだ「薮の中」にあると言うしかない。

しかし、その深い薮の中をかき分け、おぼろげながらも浮かび上がってきた影像はある。つぎにそれを見ていくことにしよう。

四　「天下第一の詩人」の謎

まず、柿本人麻呂の生没年や経歴などを考える上で、必ずと言っていいほど取り上げられる賀茂真淵《かものまぶち》の大著『万葉考』（一七六〇年）の論旨を紹介しておこう。

江戸中期の国学者であった彼は、万葉研究の集大成とも言うべき同著の中で、柿本人麻呂の人物像をつぎのように描いて見せた。以下それを要約すると、

①出身姓氏　柿本氏は天武朝のとき朝臣《あそみ》（八色姓の第二位）を授けられた。『書紀』には

柿本佐留《かきのもとのさる》なる四位の人物（?—七〇九）がいるが、人麻呂の親戚にあたるかどうかは分からない。

②時代　生まれたのは斉明朝（六五五—六六一）の頃か。没年は奈良遷都の直前であろう。

③年齢　作歌年代の明確な最初の作品は、草壁皇子の死去時の挽歌で、舎人《とねり》（律令制の下級官人）と見られる人麻呂は二十四、五歳、没年は和銅二（七〇九）年であろう。

④官位　宮仕えを舎人から始めた人麻呂は、草壁・高市皇子の舎人となり、その後、地方の下級役人となったが、六位以下で、ただ歌の道で万代にその名を留めたのである。

以上がその要旨であるが、この賀茂真淵の所説が今日に至ってもさまざまな角度から論議されつづけているのは、言うまでもない。

先にふれた梅原猛氏は、この真淵の主張に真っ向から反対し、話題になった著書『水底の歌』において、その理由をつぎのように挙げている。

同氏はまず「たしかに、柿本人麿という名でもっては、人麿は、彼が生きていたと思われる時代の正史である日本書紀にも、『続日本紀』にも登場しない。」とした上で、しかし「柿本朝臣を名乗る人物」は『書紀』の天武紀に見える「柿本臣猨《かきのもとのおみさる》」と、『続日本紀』の「柿本朝臣佐留」の二人で、「この猨《さる》と佐留《さる》は同一人物であろう」と結論づけた。

そうして、この二人の「サル」こそ、「まさにわが国第一の詩人、柿本人麿の別名ではないだろうか。」と説いたのである。

この所論については、少なからぬ共感と賛同とともに、きびしい反論も加えられたが、「すべては不明で持統朝の活躍がその壮年であったろうという程度の推測しかできない。」（中西進氏）というのが現況といったところであろう。

しかし、もう一つ大きな問題がある。それは同じく梅原猛氏が提起した人麻呂の流刑・水死説であるが、この衝撃的な所論は、これまでの柿本人麻呂論を激しくゆさぶったと言ってよい。

梅原氏が人麻呂の死についての、従来の説に大きな疑問を抱いた契機は、人麻呂の「辞世の歌」とされる「柿本朝臣人麿の石見国に在りて臨死《みまか》らむとせし時、自《みづか》ら傷《いた》みて作れる歌」（巻二―二二三）をめぐって、である。

鴨山《かもやま》の岩根《いはね》し枕《ま》けるわれをかも知らにと妹《いも》が待ちつつあるらむ
（鴨山の岩を枕として死のうとしている私を、妻は何も知らずに待ちつづけているだろう。）

まず鴨山という地名だが、石見国（島根県の西半分）内にあったらしいが所在不明。また「神山」の意で各地にあるという説もあり、一般的には、この歌につづく人麻呂の妻・依羅娘子の歌（巻二―二二四）とともに、彼にまつわる物語の伝承歌とみなされている。

今日《けふ》今日とわが待つ君は石川の貝《かひ》に交《まじ》りてありといはずやも
（今日が今日かと私が待っているあなたは、石川の貝に交じって倒れているというではないか。）

石川は所在不明。貝は「谷《かひ》」という説もあって、やはり伝承歌の色彩が濃いと言えるが、これらの作品を素直に読めば、人麻呂の死はやはり尋常でなかったのではないかと、誰しも想像するであろう。

こうして、梅原氏は多くの史料を駆使して、柿本人麻呂は当時の「律令体制から疎外され、石見国に流され、水死の刑に処せられた」と結論づけたのである。

むろん、これらの諸問題に対する研究、議論はいまでもつづいているが、百済渡来の和珥氏族の後裔であった「歌聖」柿本人麻呂の波乱にみちた生涯には、倭国における古代朝鮮移住民勢力の明と暗が歌の世界の中で凝縮されていたのではないだろうか。

第九章　白鳳万葉の時代（下）

一　持統朝の歌人たち

天武天皇の皇后・鸕野皇女が即位式を挙行したのは、六九〇（持統四）年一月のことであった。執政してから四年目の、持統朝廷（六八七―六九六）の正式出帆である。

それ以前、持統は愛息・草壁皇子を即位させようと、ライバルの大津皇子を「謀反」の罪で死に追いやったが、野望は達せられず、病弱な息子は他界してしまった。そこでその遺児・軽皇子《かるのみこ》（のちの文武天皇）に最後の望みを託したわけである。

（注：皇子名「軽《かる》」は軽という地名＝奈良県橿原市大軽周辺＝に因むか。松本清張氏は「軽《かる》は韓《から》」だと指摘した。後述。）

その後、持統天皇は天武の遺志をついで律令・戸籍・兵制の整備を実施し、各地への行幸をつうじて、柿本人麻呂をはじめ、高市黒人・長意吉麻呂など、すぐれた宮廷歌人たちに活躍の場を与えたのであった。

彼女自身は、天武が他界したとき、「やすみししわご大君の夕されば……」で始まる長歌（巻二―一五九）を含め、六首を詠んでいるが、つぎの名歌（巻一―二八）は、学校の教科書で学んだ人も多いに違いない。

春過ぎて夏来《きた》るらし白栲《しろたへ》の衣乾したり天《あま》の香具山《かぐやま》

（春も終わり夏がやって来たらしい。真っ白な衣を乾している天の香具山よ。）

天の香具山（天香久山。橿原市）は、耳成山《みみなしやま》（耳梨山）・畝傍山《うねびやま》（畝火山）とともに「大和三山」（国名勝）に数えられる国見《くにみ》の山、つまり国の状況を山上から見渡せる、もっとも神聖視された山であった。

持統の父・天智が中大兄皇子時代、「香具山は畝火を愛《を》しと耳成と相争ひき神代より……」とうたい、山争いの古い伝承を、額田王をめぐる弟・大海人皇子との「妻争い」になぞらえたのは有名な話である。むろん持統はその歌の意味をよく知っていたであろう。

そうして六九四（持統八）年十二月、藤原宮へ遷都した持統天皇は、翌六九五年二月、念願どおり孫の軽皇子を立太子させ、同年八月には譲位して文武天皇とし、自らは太上天皇となって政事に関わったのである。

すでに述べたように、その持統・文武時代に大活躍したのが柿本人麻呂であるが、同時期の主な歌人としては・高市連黒人《たけちのむらじくろひと》、長意吉麻呂、但馬皇女と志貴皇子、そして志斐嫗《しいのおみな》、軍王らが挙げられるであろう。

そこでまず、宮廷に仕えた「詞《ことば》の媼」、つまり訳語《おさ》（通訳）役の志斐媼について見てみよう。媼は老女のことである。

彼女はある日、持統天皇から、「不聴《いな》と言へど強《し》ふる志斐のが強語《しひがたり》このころ聞かず朕《われ》恋ひにけり」という歌（巻三―二三六）を贈られたという。

つまり「聞くのがいやだと言うのに、それを強いる志斐媼だけれど、近頃はそれを聞かなくなったので、私は恋いしくなってきたことよ」という、媼の名「志斐《しひ》」と「強《し》い」をかけた持統らしい戯《たわむ》れの歌である。これに対して志斐媼は、つぎのような、これもまた、いたずらっ気たっぷりの戯れの歌（巻三―二三七）を詠んだ。

否《いな》と言へど語れ語れと詔《の》らせこそ志斐いは奏《まを》せ強語《しひかたり》といふ

（いやと申し上げていますのに、語れ語れとおっしゃるからこそ、この志斐はお話ししているのです。それが「強い語り」でございましょう。）

たいへん微笑ましいやりとりだが、「志斐い」は強意の副助詞、「朝鮮語によるか」という注釈もある（中西進『万葉集』講談社版）。たぶん志斐媼は朝鮮語の訳語役だったのであろう。

ところで、志斐連《しいのむらじ》には、中臣系と安倍系とがあるが、朝鮮渡来系の氏族であることには変わりがない。したがって志斐媼はその氏族の出身で、持統の信任厚い博識の女性であり、本姓は百済系の椎野《しいの》氏と同じく「四比」ではなかったろうか。

二　高市郡と軽のふるさと

つぎに、高市連黒人《たけちのむらじくろひと》について見よう。

彼は十八首の万葉歌を残しているが、作歌年代の明らかな作品は、七〇一（大宝元）年六月頃の持統上皇の吉野行幸歌（巻一―七〇）と、翌年十月の三河行幸歌（巻一―五八）の二首だけで、そのほかは各地への旅の歌などである。

そのうち「近江の旧都を感傷して作れる歌」（巻一―三二）は、名歌として広く親しまれている。

古《いにしへ》の人にわれあれやささなみの古き京《みやこ》を見れば悲しき

（古い昔の人間だからか、楽浪の古い都を見ると私の心が痛んでならない。）

この歌を読むと、柿本人麻呂の「近江の荒れたる都」をうたった幾つかの作品を思い出す人がいるかもしれない。その人麻呂と同じように、黒人も近江の大津宮への懐旧の情をうたいこめたのである。

ところで、この高市黒人は人麻呂と同様、生没年・出自・経歴などが、なぜか未詳。いわゆる謎の歌人のひとりだが、その氏名から推して、古代朝鮮移住民の集住地であった大和国高市郡の出身と見て間違いないであろう。

この「高市郡《たけち》」は『書紀』天武元（六七二）年条に初見する郡名で、欽明七（五三八）年条の「今来郡《いまき》」を合併して出来た郡であった。

（注：「今来」とは古代朝鮮から新しく渡来した人々を指す。「新来」とも。以前は「古来」と言った。京都の平野神社の祭神「今木神」は、岩波『広辞苑』によると「桓武天皇の外戚の祖神たる朝鮮の神を祀る」という。）

いまは「高市郡《たかいち》」と呼ぶが、橿原市を中心にして高取町や明日香村などを含む広い地域で、古代日本の歴史的な遺跡・古墳・古刹や国宝級の文化財などが数多い。

たとえば、宮址では推古天皇の豊浦宮をはじめ、飛鳥板蓋宮《いたぶきのみや》・浄御原宮《きよみはらのみや》・藤原京など。また石舞台・高松塚・キトラなどの有名な古墳群、そして飛鳥寺・川原寺・橘寺・岡寺などの名刹などが甍《いらか》を並べている。

この「高市」を名称に用いた天皇は舒明で、「高市岡本宮御宇天皇」とも称した。また皇子では天武の子であった高市皇子、豪族では大伴氏の高市大卿らがいる。

百済・安耶系の豪族・東漢《やまとのあや》氏は、その高市郡を本拠地として軍事・外交の分野で勢力を拡大したが、平安時代、蝦夷征討で大功を立てた坂上田村麻呂は、東漢氏と同族であった。

その田村麻呂が上奏文で、「高市郡内には他姓の者は十にして一、二なり」と述べたのは周知のとおりだが、このように同郡は、河内国古市郡の西漢《かわちのあや》（西文とも）氏や、山城国葛野郡の秦《はた》氏と同じく、朝鮮渡来豪族の三大勢力地域だったのである。

前記の「軽《かる》」の地も、その高市郡内にあって、「軽の街」一帯には懿徳《いとく》天皇の軽曲峡宮、孝元の軽境原宮、応神の軽島豊明宮が営まれたと伝えられている。

そしてその後、百済渡来の豪族・蘇我氏一族が本拠地を当地へ移し、宣化・欽明両朝の大臣として、百済仏教の受容を実現した蘇我稲目は、「軽の曲殿」と呼ばれる邸宅に住んで権力をふるったのである。

こうした史実を踏まえ、松本清張氏は「この地名から軽皇子や軽太子、軽大郎皇女の名がある」として「軽は韓である」（『大和の祖先』）と明言したのである。

ちなみに、柿本人麻呂の妻は、その軽の地がふる里であったらしい。と言うのは、彼が妻の死を悲しんだ長歌に、「天飛ぶや軽の路は　吾妹子《わぎもこ》が里にしあれば……」（巻二―二〇七）とあるからだが、やはり「軽は韓」の地で、百済渡来の移住民が集住したからこそ、「軽の市」も賑わったのであろう。

三　即興歌の名人

藤原京（橿原市高殿町周辺）は、倭国初の本格的な都城であった。近年、その遺構が発掘・調査され、整備と復元が進められたが、この新しい宮都の着想は天武天皇で、それを実現したのは持統上皇である。

そうして、倭国の宮都は飛鳥の豊浦宮を初めとして、小墾田→岡本→田中→厩坂→百済→小墾田→板蓋→川原→岡本の諸京から、いったん近江の大津京へと移り、再び飛鳥へ戻って浄御原京から藤原京へと遷都したわけである。

この遷都について、天智の子・志貴皇子はつぎのようにうたった（巻一―五一）。

采女《うねめ》の袖《そで》吹きかへす明日香風《あすかかぜ》都を遠みいたづらに吹く
（采女の袖を吹きひるがえす明日香の風、いまは都も遠く、空しく吹くことよ。）

采女とは、少領（郡司）以上の、容貌端麗な娘から選ばれた後宮の女官のことだが、志貴皇子はその采女の袖を吹き返す風が空しく、飛鳥の宮が遠くなったとうたったのである。

志貴皇子のつぎの歌（巻八―一四一八）は、学校で教えられた人も多いであろう。

石《いは》ばしる垂水《たるみ》の上のさ蕨《わらび》の萌出る春になりにけるかも
（岩の上をほとばしる滝のほとりのさ蕨が、萌え出る春の季節になったことだ。）

光仁天皇の父でもあった彼は、滝のほとりで催された新春の祝賀宴で、酒膳にのぼったであろうさ蕨を見て、春を迎えた喜びをうたったのである。

宴席の歌と言えば、長忌寸意吉麻呂《ながのいみきおきまろ》は、その宴席での即興歌で異才を発揮した歌人であった。たとえば、こんな愉快な話が『万葉集』（巻十六―三八二四）に伝えられている。

ある宴席で、意吉麻呂が友人たちと真夜中まで痛飲したとき、どこからか狐の鳴き声が聞こえてきた。すると友人たちが、「この饌具、雑器、狐の声、檜橋《ひばし》などにかけて歌を作れ」と意吉麻呂に言ったので、彼は早速つぎのような歌を詠んだという。

さし鍋に湯沸《ゆわ》かせ櫟津《いちひつ》の檜橋より来《こ》む狐に浴びさむ

（さし鍋に湯を沸かせよ、みなさん。櫟津の檜橋から来る狐に熱い湯をかけてやろう。）

饌具はさし鍋、雑器は食器、檜橋は橋に箸《はし》をかけ、櫟津（奈良県大和郡郡山市）は櫟本の船着き場であるが、これらをおり込んで即興的に詠んだ意吉麻呂は、確かに見事な諧謔詩人であったと言えよう。

彼は先の高市黒人と同じ頃の宮廷歌人で、やはり生没年・出身・経歴などが未詳となっているが、姓《かばね》が忌寸《いみき》であること、『書紀』に長直《ながのあたい》がいることから、東漢氏に属する百済渡来人の子孫と見て間違いない。

漢詩文と倭語に精通した彼のつぎの歌（巻十六―三八二九）も、たいへんおもしろい。

醤酢《ひしほす》に蒜《ひる》搗《つ》き合《か》てて鯛《たひ》願うわれにな見えそ水葱《なぎ》の羹《あつもの》

（醤と酢に蒜をまぜ合わせて鯛を食べたいと思うのに、私に見せるな、水葱の羹を。）

醤は醤油と味噌の原形で、朝鮮語で言えば「장（ジャン）」である。それに酢と蒜《にんにく》をまぜて鯛の刺し身が食べたいのに、水葱《みずあおい》の羹なんか私に見せるな、というわけだ。

おそらく朝鮮移住民が倭国に持ち込んだ故郷の鯛料理であっただろうが、味噌という言葉については、『広辞苑』に「朝鮮語の蜜祖から来たという」とある。
ともあれ当時、水葱は食用として広く栽培されることが奨励されたというから、意吉麻呂は、それを使った羹が嫌いだったのであろう。
むろん、彼はそのような諧謔歌ばかりを作っていたわけではない。宮廷歌人として持統上皇の参河行幸に従駕したときは、つぎのような歌（巻一―五七）を詠んでいる。

引馬野《ひくまの》ににほふ榛原《はりはら》入り乱れ衣にほはせ旅のしるしに
（引馬野に美しく色づいている榛原の中に分け入って衣を染めるがよい、旅のしるしとして。）

大宝二（七〇二）年秋の、三河・尾張・美濃・伊勢・伊賀への旅中に詠まれたらしい。場所は御馬《おんま》の野（愛知県宝飯郡御津町）か。榛《はん》の木の黄葉が生い茂る野原で、その鮮やかな色と匂いを己れの衣に染めよ、とうたった詩情が興味深い。
彼と同じ百済渡来人の子孫・麻田連陽春《あさだのむらじやす》は、つぎのような歌（巻四―五六九）を詠んでいる。

韓人《からひと》の衣染《ころもそ》むとふ紫の情《こころ》に染みて思ほゆるかも
（韓の人が衣を染めるという紫のように、心にしみて忘れがたいことよ。）

言うまでもなく、倭国に衣縫《きぬぬい》法や染色法を伝えたのは、古代朝鮮から渡来した「才伎《てひと》（技術者）」たちであった。

当時、大典（正七位上相当の文書担当官）であった麻田陽春は、ふとした折りに、その故国の美しい紫色の衣を懐かしく思い出したのであろう。

四　韓衣と高麗錦の装い

すでに述べたが、白鳳万葉の時代は、壬申の乱（六七二年）から始まり、天武・持統・文武朝を経て、大宝二（七〇二）年、持統上皇の死去をもって終幕を告げる。

この時期は、万葉史から見れば、いわば安定期に当たっているが、柿本人麻呂の長歌が最盛期を見せるのも、また高市黒人のように、持統上皇の行幸に随行した多くの官人たちの歌が開花するのも、この時期の特色だと言えよう。

その意味で挙げられるつぎの歌人は、まず春日蔵首老《かすがのくらのおびとおゆ》である。

彼はもと弁紀（弁基とも）という学僧であったが、大宝元（七〇一）に還俗して、春日倉首という姓《かばね》と老《おゆ》という名を与えられ、追大壱（正八位上相当）の位を授けられた。

老の生没年は未詳だが、出自は百済渡来系の春日氏族と見られ、還俗の年に持統上皇の紀伊行幸に従駕した。そして和銅七（七一四）年に従五位となり、常陸介に任じられたときには、五十二歳になっていたらしい。

その彼の最初の万葉歌は、持統上皇と文武天皇の紀伊行幸に随行したときの歌（巻一―五六）で、当時、この歌は伝誦されていたという。坂門人足《さかとのひとたり》に類歌（巻一―五四）がある。

河の辺《へ》のつらつら椿つらつらに見れども飽かず巨勢《こせ》の春野は
（河のほとりのつらつら椿は、つくづく眺めていても飽きない。巨勢の春野は。）

つらつら椿とは、茂った葉の間に転々と連なって花を咲かせている椿の木のこと。その「つらつら」と「つくづく」の「つらつら」を重ねて用いた作者の一種の言葉遊びはさわやかでおもしろい。

照る月を雲な隠しそ島かげにわが船泊《は》てむ泊《とまり》知らずも
（夜空に明るく照る月を、雲よ、隠すな。島に船を泊めようとする場所が分からなくなるから。）

この歌（巻九―一七一九）は、各地を旅した春日蔵老の、夜の船上での煌々たる月光に魅せられた感銘を表したものであろう。

彼は八首の歌を残しているが、『懐風藻』にも五言詩一首を載せており、『常陸国風土記』の編纂にも携わったと見られている。

つぎの調首淡海《つきのおびとおうみ》も、春日蔵老と同じく、持統上皇の紀伊行幸に随行した官吏である。彼は壬申の乱のとき、天武天皇に従った舎人《とねり》二十余人のひとりであり、以後、官人として活躍し、養老七（七二三）年、正五位上を授けられた。

この調氏《つき》は、『古事記』仁徳紀の養蚕説話に見える奴理能美《ぬりのみ》の後裔で、『新撰姓氏録』の左京・山城・河内などの百済条には、調連《つきのむらじ》・民首《たみのおびと》・水海連《みずみのむらじ》らが、倭国に初めて養蚕技術を伝えた努理使主《ぬりのおみ》の後裔とされている。

あさもよし紀人《きびとと》羨《も》しも亦打山《まつちやま》行き来と見らむ紀人羨しも

（麻の裳もよい紀の国の人はうらやましい。真土山を行き帰りに見ているのだろう、紀の国の人のうらやましいことよ。）

当時、紀の国の特産品は麻であった。「あさも（麻裳）」は麻布で作った裳《チマ》（スカート）のこと。亦打山は和歌山県橋本市真土の県境一帯の山を指すが、万葉歌には古代の衣服にまつわる作品が数多い。

たとえば作者未詳歌だが、つぎの「韓衣《からころも》の歌」（巻十一―二六八二）は、その象徴的な作品と言える。

韓衣君にうち着せ見まく欲《ほ》り恋ひそ暮らしし雨の降る日を

（新しく作った韓衣を貴方に着せたいと思い、恋いつづけて一日が過ぎ去った。雨の降る日に。）

たぶん朝鮮渡来の女性の歌であろうが、韓衣は麻や紵《いちび》などの粗衣とは違って、上等な絹織物の衣服であったらしい。それを恋人のために縫い上げて、待ち焦がれている純朴な女心がよく伝えられている。

高麗錦《こまにしき》は、朝鮮舶来の高級な錦織物で、衣類や紐などに用いられたが、「竹取《たけとり》の翁《おきな》の歌」（巻十六—三七九一）では、翁によって自分の衣装のことが詳しく語られている。

裕福な家に生まれた翁は、幼い頃「木綿の肩衣」を、子供のときには「しばり染めの袖着衣」を、若者の頃は「紫染めの華やかな綾織衣」や「榛で染めた衣に高麗錦の紐を縫いつけ」、「水縹色の絹帯を韓帯風に結んで」遊び歩いたという。

高麗錦といい、韓帯風といい、当時の倭国の衣装風俗が目に浮かぶようである。

五　幻の歌人は百済王氏か

最後に取り上げたいのは、幻の歌人と言うか、さまざまな謎につつまれた人物、すなわち「軍　王《いくさのおほきみ》」についてである。

従来の説では、軍王は初期万葉の時代、舒明朝の人物とみなされていたが、近年の研究によって新たな問題点が提起されており、彼を柿本人麻呂以後の人物と見る説が有力視されている。

そこで、それ念頭において考証してみると、唯一の史料は軍王が天皇の讃岐行幸に随行して詠んだという長歌（巻一―五）一首と反歌（同―六）一首である。但し天皇名は明記されていない。

その長歌は、「霞《かすみ》立つ　長き春日の　暮れにける……」で始まり、「わが大君」への忠誠心を格調高くうたい上げた作品で、反歌はつぎのごとくである。

山越しの風を時じみ寝《ぬ》る夜おちず家なる妹《いも》を懸《か》けて偲《しの》ひつ
（山越しに吹く風はたえまなく、夜になればいつも家にいる妻を思いしのんでいる。）

素朴な妻恋い歌であるが、問題はそのあとの左注で、そこには「右、日本書紀を検《かむが》ふるに、讃岐国に幸《いでます》ことなし。また軍王も未だ詳《つばひ》らかならず」とある。

つまり『書紀』には、舒明天皇の讃岐行幸に関する記事はなく、軍王という人物もいまのところ、よく分からないというわけである。

こうして古来、論議が重ねられてきたが、主な説は、軍王を「大将軍」の意とした武田祐吉説、また軍王を「いくさのおほきみ」と訓《よ》む通説を疑い、百済の「軍君」を「コニキシ」と訓むのと同じく、百済王を表す称として余豊璋《ヨプンジヤン》を指したものか、という青木和夫説などが注目された。

余豊璋と言えば、倭国に約二十年滞在した百済・義慈王の子で、百済が敗亡したとき、中大兄皇子から「百済王」を授けられ、倭国の兵五千人に護衛されて帰国したが、「白村江の戦い」で倭国軍が大敗を喫するや、部下数人と高句麗へ逃亡したとされている。

また、それとは別に、彼が敗退する倭兵とともに倭国へ戻り、中大兄の厚遇を得たという説も

百済王神社

あるので、先の青木説も考えられないことはない。

しかし、軍王の長歌には「ぬえこ鳥」「玉だすき」など、柿本人麻呂の作と見られる枕詞《まくらことば》が用いられていることや、「遠つ神　わが大君」など、大化以後、天武朝以後の現神思想の反映なども見られることから、やはり持統朝以後の作品であったものが、何らかの手違いによって前代の歌群の中に並べられたのではないか、というのが、いまのところ一つの結論となっている。

しかしながら、持統か文武天皇の護衛官長であったと見られる軍王は、持統朝のとき百済王《くだらのこにきし》という姓を授けられた余豊璋の弟・禅廣《ぜんこう》の後裔であった可能性が高いと私は思う。

なぜなら、彼は摂津国難波百済郡に本拠を置いたが、百済王氏の子孫からは秀れた人物が輩出し、文治面だけでなく、軍事分野でも大きな足跡を残しているからである。

第十章　平城万葉の時代（上）

一　海を渡った山上憶良

万葉史の第三期は、大宝二（七〇二）年から和銅三（七一〇）年の平城遷都を最盛期として、天平元（七二九）年に至る八世紀初葉の二十七年間である。

この時期は、持統・文武天皇の他界と、元明・元正・聖武天皇の時代であるが、前代には全く見られなかった遣唐使の渡海という外政上の大転換期、唐風文化の急速な浸透期に当たっている。

大宝二年六月の、粟田真人《あわたのまひと》を首席とする第七次遣唐使の出帆がそれであるが、これは「白村江の戦い」で倭国軍が新羅・唐連合軍に大敗して以来の、じつに四十年ぶりの国交回復・修好使節団であり、対外的に初めて「日本」という新しい国号を用いた使節団であった。

この歴史的な使節一行の末席に、『万葉集』を代表する歌人・山上憶良が「少録」（書記）として加えられていたことは周知のとおりである。

第七次遣唐使の正使となった粟田真人は、百済渡来の和珥《わに》・春日氏と同族で、律令国家の基本法典である「大宝律令」の制定に参画した秀れた学者であった。

その真人が無位の憶良を抜擢して使節一行に加えたのは、彼が同じ氏族に属していたからと見られているが、このとき憶良は初めて、小初位上という官位を授けられている。

（注：当時の官位は、正一位から少初位下まで、三十階級に分けられていた。）

同使節団の派遣決定は大宝元（七〇一）年一月であった。そして彼ら一行が筑紫を船出したのは同年五月のことであったが、まもなく激しい暴風に遭遇し、やむなく渡航中止の緊急措置がとられた。事実、それまでの倭国の対朝鮮・中国使節団で渡航中、不運にも遭難死をとげた実例は多かった。

こうして粟田真人一行は約一年待機し、翌大宝二年六月、再び唐へ向かって出帆し、同年秋、揚子江河口の海岸にたどり着いた。そして唐の都・長安に入ったが、当初、唐側は初めて聞く「日本」という国名にはとまどったらしい。

このとき唐に君臨していたのは、中国史上唯一の女帝であった則天武后であるが、彼女は粟田真人ら一行を大明宮麟徳殿に招き、盛大な宴会を催した。

『旧唐書』日本伝は、それを特筆し、「真人、好んで経史を読み、文を属《つづ》るを解し、容止《ようし》温雅なり」とほめたたえているが、これはそのまま唐側が「日本」という国号を結局、承認したことを意味している。

このようにして所期の復交・修好という重大使命を果たした遣唐使一行は、最後の宴席で唐側の要人と親交を深めたのち、慶雲元（七〇四）年七月から、三次にわたってそれぞれ無事、日本に帰国している。

このとき山上憶良が長安の別離の宴で詠んだ歌「いざ子ども早く日本《やまと》へ大伴《おほとも》の御津《みつ》の浜松待ち恋ひぬらむ」(巻一―六三)は、あまりにも有名だ。「子ども」は目下、年下の者を言うが、当時、憶良は四十四歳。「大伴の御津」は豪族・大伴氏の管掌の地で、大和王権の外港である。「さあみんな、早く大和へ帰ろう。大伴の御津の浜松もその名のごとく待ちわびていることだろう」という、この歌は集中唯一の、外国で詠まれた貴重な作品であった。

そこに憶良という歌人の特異な存在が示されていると言ってよいが、それは彼が歌の中で、新しい国名「日本」を「やまと」と訓んだことにも表れている。

『万葉集』の中には、「日本」という言葉を含む歌が十七首あるが、そのうち二回以上「日本」を用いたのは、山上憶良の二例、笠金村《かさのかなむら》の三例、大伴旅人《おおとものたびと》の三例、計九例である。

ここで留意すべきは、彼らがみな平城万葉時代の代表的な歌人であることだが、これは従来の「倭国」に代わって、新たに「日本」という国名が正式に決められていたことと深く関わっているであろう。

そして、その年代は天武三(六七四)年から大宝元年と考えられているが、それまでは「倭国」、つまり「やまとのくに」であった。

当初は「倭」一字で「やまと」を表記していた。それを「大和」に代えたのは元明朝のときであるから、憶良は新しい国名「日本」を「倭」の改称と見て、従前どおり「やまと」と訓んだわけである。

興味をひくのは、同じ時期、唐に留学していた弁正法師(俗姓・秦氏)が現存最古の漢詩集

『懐風藻』に「五言。唐に在りて本郷《もとつくに》を憶《おも》ふ」と題する詩を残していることだ。

日辺《にっぺん》、日本を瞻《み》、
雲裏《うんり》、雲端《うんたん》を望む。
遠遊《えんゆう》、遠国に労《いたつ》き、
長恨《ちょうこん》、長安に苦しぶ。

朝日の昇るあたりに日本があると思って仰ぎ見るが、雲がたなびいているのを見るばかりだ、の意。憶良らの宴会に同席した弁正の詩作であろうが、題詞や文字使いもほとんど同じで、ともに唐に対する日本という意識が強い作品である。

こうして日本では、漢詩が盛んにつくられるようになり、文武天皇は「わが国最初の漢詩人」と言われるようになったが、『懐風藻』はその集大成である。

慶雲四（七〇七）年三月、副使・巨勢邑治《こせのむらじ》らと帰国した山上憶良は、在唐中の活躍が評価されたのであろう、少初位上から一気に従七位上に昇進した。

以来、彼は新たに即位した元明天皇のもとで本格的な官吏の道を歩み始めたのであった。

（注：憶良の帰国については、慶雲元年七月、粟田真人らと帰国したと見る説もある。）

二　「憶良＝渡来人」説をめぐって

元明女帝は天智天皇の皇女である。そして草壁皇子に嫁してから、のちの文武と元正天皇を生んだが、夫はすでに亡く、頼みの姉・持統上皇も他界し、わが子の文武も早世するという不運に遭遇した。

しかし後継ぎの首皇子《おびとのみこ》（のちの聖武天皇）がまだ幼かったため、彼女は国事を取り仕切り、翌年、武蔵国秩父郡から銅が献上されたことから、年号を「和銅」と改元するとともに、奈良（平城）の地に新都造営の詔《みことのり》を発したのであった。

当時の政権中枢には、左大臣に石上麻呂《いそのかみまろ》、右大臣に藤原不比等が就いていたが、言うまでもなく実質的な権力は藤原一族が掌握していた。

万葉史の上から見ると、この時期は平城万葉の時代であり、前記の山上憶良をはじめ、大伴旅人・大伴坂上郎女・山部赤人・笠金村《かさのかなむら》・小野老《おののおゆ》・高橋虫麻呂らの、錚々《そうそう》たる歌人がそれぞれ名歌を残している。

では、われわれとゆかりの深い山上憶良の話をつづけよう。まず彼のルーツについて、最初に「憶良＝渡来人」説を唱えた万葉学者は、本稿でたびたび登場していただいている中西進氏である。

私はいまでも、中西氏の論文「白村江以後―万葉集の形成と渡来者―」（一九七六年）と、「万葉集における古代朝鮮」（一九七八年）を読んだときの感銘を忘れない。

中西氏の、「そもそも、万葉集の歌を出発せしめたものが、古代朝鮮からの衝撃力であった。……あの白村江の戦がなければ、万葉集もなかったかもしれない。」という指摘は、まさに至言であったと思う。

そして『日本書紀』が白村江以後、倭国へ渡来した人々として、吉大尚、沙門詠、答本春初、四比忠勇、余自信、憶礼福留、沙宅紹明、許率母らの名を挙げている事実にふれ、これら渡来者たちの子孫の中から「万葉和歌の一翼を担う人たち」が生まれたと述べている。その氏名を列記すると、

吉田宜《よしだのよろし》（吉大尚の後）
楽浪河内《ささなみのかわち》（沙門詠の子）
麻田陽春《あさだのやす》（答本春初の子）
椎野長年《しいのながとし》（四比福夫の後）
余明軍《よのみょうぐん》（余自信の後）
角麻呂《つののまろ》（角福牟の後）
山上憶良（憶仁の子、憶礼福留と同族）

この中には、すでに本稿で言及した歌人たちもいるが、彼ら以外にも、朝鮮渡来系の歌人たち

が数多く存在していたことは言うまでもない。

こうした調査・研究の中で、憶良は百済渡来の医師・憶仁の子で、四歳のとき父に伴われて倭国に移住したことが明らかにされたのである。

憶良の父・憶仁は名医であったらしく、倭国へ渡来すると天智天皇の侍医を勤めたあと、朱鳥元（六八六）年に死去したと『書紀』は伝えている。

同族と見られる憶礼福留《おくらいふくる》の氏名を考慮すると、憶礼―憶仁―憶良と好字がならび、「礼」「仁」「良」を「憶《おも》」う一族と見ても考えすぎではないであろう。ともあれ、憶良に限って言えば、ではなぜ「山上」という姓がついたのか、という疑問が生まれるであろう。

その問題について、中西氏は二つの候補地を挙げているが、その一つは平城京郊外の「山村」（現・奈良県山村町）で、この地は山上氏が属したと思われる春日・粟田一族の本拠地と、それほど遠くないという。

もう一つは、六六三（天智二）年に百済が滅亡したとき、亡命した百済人四百余人が近江国に移住したこと、また六六九（天智八）年には、同じく百済人七百余人が近江国蒲生郡に移住した出来事と関連している。

六六三年は、憶良が父・憶仁に伴われて渡来した年だと思われるが、再移住もあり得ることから、憶良一家は蒲生野近辺に住んだのではないか、と推定されるのである。

蒲生野と言えば、あの額田王と大海人皇子の有名な歌、「あかねさす紫野《むらさきの》行き標野《しめの》行き野守は見ずや君が袖振る」（巻一―二〇）と、「紫草《むらさき》のにほへる妹を憎くあらば人妻ゆゑにわれ恋ひめやも」（巻一—二一）の、二首がまた思い出されるが、「紫野」は朝廷の命によって紫草の栽培が行なわれたところで、その紫草から紫の染料をとる技術を持っていたのは、ほかならぬ朝鮮渡来の移住民集団であった。

有名な「韓人《からひと》の衣《ころも》染《そ》むとふ紫の情《こころ》に染みて思ほゆるかも」（巻四—五六九）という麻田陽春の歌は、そういった光景を詠んだのであろうが、そこには海をへだてた遠い故国への思慕が秘められていたのではないだろうか。

ともあれ、この紫野はいまの近江八幡市から八日市市にかけた地域で、その近くの甲賀郡水口町に「山」という地名があるという。そこは山上氏が属していた粟田一族ともつながりが深いところで、そのあたりに憶良が住んでいたのではないか、と考えられている。

しかし、何とも不思議なことに、倭国に定住してからの憶良一家の生活、経歴などはまったく不明と言うしかなく、彼が四十二歳のとき遣唐使に選抜されるまでは、文字どおり謎につつまれたままなのである。

興味をひくのは、憶良がその間、写経生をしていたのではないかという説で、これは経典を書き写す下級役人のことであるが、それには史生（国府の書記官）から国司に昇進する道筋があったようだ。

憶良はそのような道を歩んでいただろうが、どうやら要領が悪く、愚直なまでの潔癖性が彼の出世を妨げていたらしい。しかし憶良の秀れた学識と謹厳実直な人となりを認めていた粟田真人が、彼を遣唐使に抜擢し、一気に中央の政治舞台に立たせたわけである。

三　平城遷都と憶良の生涯

和銅三（七一〇）年三月、元明天皇はついに藤原京から奈良の都・平城京への遷都を実現した。唐の都・長安城を手本とした東西四・八km、南北四・八kmの広大な古代都市であった。

この新しい都は、のちに桓武天皇が長岡京に遷都するまでの八代七十四年間、奈良時代の律令国家にふさわしい日本の都京として、約十万人の人口を擁しながら栄えた大都城である。

さて、山上憶良であるが、遣唐使の重責を果たして朝廷に認められた彼は、この平城遷都の年、正六位下となり、翌年にはさらに従五位下に昇進し、官吏の道をひた走ることとなった。つぎに、それ以降の憶良の半生を年表風に列記するが、年齢は推定である。

・七一五（霊亀元）年（五六歳）　元正天皇が即位。
・七一六（霊亀二）年（五七歳）　憶良、伯耆守に任じられ、伯耆（鳥取）へ下る。
・七二〇（養老四）年（六一歳）　憶良、伯耆より帰京する。この年、『日本書紀』成る。
・七二一（養老五）年（六二歳）　佐為王《さいのおおきみ》らとともに、憶良、東宮（皇太子）の侍講となる。
・七二四（神亀元）年（六五歳）　聖武天皇が即位。
・七二五（神亀二）年（六六歳）　憶良、筑前守に任じられ、太宰府（福岡）へ下る。
・七二七（神亀四）年（六八歳）　大伴旅人、太宰帥に。

・七二九（天平元）年（七〇歳）　長屋王の変。
・七三〇（天平二）年（七一歳）　大伴旅人邸で梅花の宴開かれる。旅人、大納言となる。
・七三一（天平三）年（七二歳）　旅人、死去（六七歳）。憶良、「貧窮問答歌」をつくる。
・七三二（天平四）年（七三歳）　憶良、太宰府より帰京する。
・七三三（天平五）年（七四歳）　憶良が死去した。

以上だが、この人生後半の長い年月の間、憶良が『万葉集』に残した作品は長歌十一首、短歌六十六首、旋頭歌一首の計七十八首のほか、彼自身が編纂した歌集『類聚歌林』がある。

ところで、前記の憶良の官歴を見ると、彼は伯耆国や筑前国の国守を歴任している。したがって地方官吏といえども、彼はそれなりに裕福な生活をしたと思われがちだが、事実はまったく反対で、憶良はまさに「貧乏をうたった唯ひとりの万葉歌人」なのであった。

その意味からすれば、中西進氏のつぎのような評言は傾聴に価しよう。

「憶良はきわめてユニークな歌人で、ほかの歌人たちと大いに作風がちがいます。ほかの人たちが得意とする恋愛の歌は一首もない。自然や季節の美しさ、変化をよまない。反対に人間の生と死に目を向け、社会を鋭く見つめ、男子としての人生を歌の課題とします。／作風も徹底したリアリズムといってよいでしょう。」（『悲しみは憶良に聞け』）

私は、この評言に憶良の歌人像が集約されていると思うが、彼のきびしい人生の出発点は、やはり祖国・百済の滅亡であり、わずか四歳の身で医師の父に伴われて、見知らぬ倭国へ逃れなければならなかった不幸な運命にあった考える。

その父は幸い天智天皇の侍医となったが、壬申の乱で近江朝が滅ぶと、新たに即位した天武天皇に採用されることもなく、市井の医者として細々とした暮らしをよぎなくされたと見られている。

ときに憶良は十二歳。そしてまもなく不遇の父が他界してしまったため、彼はいやおうなく苦しい生活を強いられたと考えられる。そして経緯は定かではないが、写経の下級役人となり、その日暮らしの貧しい前半生を過ごしていったようである。

したがって、憶良が第七次遣唐使一行の末席に選ばれたことは、まさに千載一遇の幸運であったし、そうであるからこそ、彼はそれまで辛酸をなめるようにして培ってきた学識を花開かせ、唐の都・長安での万葉歌を高らかにうたいあげたわけである。

こうして彼は、文武・元明・元正・聖武の朝廷に仕える官吏として生きぬき、秀れた作品を生み出していくが、百済の渡来人としての境遇からくる歌風、歌語などはやはり、さまざまな形で表れていたと言えるであろう。

四　万葉史に金字塔を立てた歌人

山上憶良の全作品を読んでみると、その中には当然ではあるが、母国・百済を滅ぼした新羅に対する敵意というか、嫌悪感を示した歌が何首かあることに気づく。

たとえば、佐用比売《さよひめ》をうたった歌、つまり大伴佐提比古《さでひこ》が朝命で「韓国《からくに》」へ行くとき、佐用比売が領巾《ひれ》を振って別れを惜しんだという歌（巻五―八七一～八七五）であるが、その序文に「藩国《とつくに》」という言葉が出てくる。

これは明らかに百済を滅ぼした新羅を指した言葉で、『書紀』の中に出てくる「蕃国」（蛮国とも。未開の国、外国の蔑称）という用語と同じ意味である。

もうひとつの例は、憶良が「神功皇后の新羅征伐」をうたった長歌（巻五―八一三）で、そこには、「足日女神《たらしひめ》の命《みこと》韓国を向けて平らげて……」とうたわれている。

この「韓国」も新羅を指しているが、まだ幼かったとき、彼は父親から、なぜ自分たち家族が故国を離れ、海をへだてた倭国へ逃れなければならなかったのか、という経緯を聞いていたであろうから、それが倭国での不遇な生活と重なり合って、新羅への憎しみ、敵意となっていたと考えられる。

つぎに、憶良の異質と思われる側面は、かつて日本文学界の重鎮と評された高木市之助氏が、憶良の独特な言葉遣いを「孤語」と評した点である。

たとえば、「たらちし」という言葉だが、つぎのような歌（巻五―八八七）があって、最初は誰しも何のことかと首をひねったに違いない。

たらちしの母が目見ずて欝《おほほ》しく何方《いづち》向きてか吾《あ》が別るらむ
（たらちねの母に会うこともなく、心も暗く、どちらに向かって私は別れ去るのであろう。）

「たらちね」の漢字表記は「垂乳根、足乳根」、つまり子供に乳を飲ませる母親のことで、死出の途を知らぬ自分はどこへ向かって別れていくのか、とうたったのである。

その「たらちね」を憶良は、ほかの作品でも「たらちし」で通しているが、これは彼以外には見られないきわめて特殊な言葉と言うしかない。

（注：言語学者でソウル大学講師の姜吉云氏は、「たらちし」を朝鮮語との関連で「母の可愛いがる児の」という意味だとしている。）

つぎは「とのし」という言葉の歌（巻十五―八七八）だ。

言ひつつも後こそ知らめとのしくもさぶしけめやも君坐《いま》さずして

（いまも寂しいなどと言っているが、まだ全く寂しいというわけではない。本当の寂しさは後でわいてくるだろう。あなたがお帰りになったあとにこそ。）

見たとおり、これも非常に風変わりな倭語を使っているが、これは言うまでもなく、幼い身で倭国へ移住してから覚えた倭言葉《やまとことば》であるから、憶良にはそのように消化されていたのであろう。

このように、憶良の作品には百済渡来人としての異質な側面が随所に見受けられるが、彼の詠んだ歌のもっとも特徴的なところは、やはり、かの有名な「貧窮問答の歌」（巻五―八九二）にうたいこめられた人間生活の苦しさ、厳しさであったと言える。

かくばかり術《すべ》なきものか世間《よのなか》の道
（これほどに逃れる術はないものなのか。世の中の道理というものは。）

これはあえて説明する必要もないであろうが、最後に見落とせない憶良の重要なテーマは「愛」と「病」と「老い」であった。

憶良らは今は罷《まか》らむ子泣くらむそのかの母も吾《あ》を待つらむそ
（憶良はもう退出しましょう。子どもが泣いているでしょうし、その子の母親も私を待っているでしょう。）

これも有名な宴　罷　歌《うたげをまかるのうた》（巻三―三三七）で、地方の国司を勤めた憶良だから、頻繁に催される酒宴には閉口していたのであろうが、家族への思いは熱く伝わってくる歌である。
また難解な「沈痾自哀の文《ちんあじあいのぶん》」（巻五　歌でなく文章）には、病についての苦悶が凝縮してつづられている。

……嗟乎《ああ》愧《はづか》しきかも、我何の罪を犯してか、この重き疾《やまひ》に遭《あ》へる。

この一節だけでも痛切きわまりないが、病と老いは「妖鬼」のせいか、「飲食《おんじき》」のせいか、と自問した憶良は、「病は口より入る。故《かれ》、君子はその飲食を節《ただ》す。」という言葉を引用しているから、やはり節制が肝要だと見ていたのであろう。

冬過ぎて春の来れば年月は新《あらた》なれども人は旧《ふ》りゆく

（冬が過ぎて春がくると、歳月は新しくなるけれども、人間は老いて古くなっていくものだ。）

「旧《ふ》りにしを嘆ける」歌（巻十―一八八四）であるが、憶良ほど「老い」を執拗に取り上げた歌人もいないであろう。

その憶良が重病に陥ったとき、友人の藤原八束《ふじわらのやつか》が河辺東人《かわべのあずまひと》を行かせて病状を見舞わせた。このとき彼は返礼の言葉を述べたあと、涙をぬぐって、つぎの歌（巻六―九七八）を詠んだという。

士《をのこ》やも空しくあるべき万代《よろづよ》に語り続《つ》くべき名は立てずして

（「士」たるもの、空しくあってよいはずがあろうか。万代の後に語り伝えられるべき名も立てずに。）

この名歌は憶良にとって、生涯最後の作品となったが、「士」とは「益荒男《ますらお》」のことで、彼はそれを男子の理想像とみなしていたのであろう。その彼にとって、万代に語りつがれる名も立てずして逝《ゆ》くことは、まさに痛恨のきわみであったに違いない。

しかし、あえて言うまでもなく、山上憶良という歌人の名は、一三〇〇余年の長い歳月を経た今日に至っても、万葉史の中でいまなお輝かしい異彩を放ちつづけているのである。

第十一章　平城万葉の時代（下）

一　大伴旅人と「筑紫歌壇」

この時代、万葉歌壇で著しい存在感を示した主な歌人は、古来の名族・大伴氏一族と山上憶良、そして山部赤人・笠金村・高橋虫麻呂らの宮廷歌人であった。

大伴氏の中では、大伴旅人をはじめ、大伴坂上郎女・大伴池主らが数多くの作品を詠んでいるが、独特の歌風で広く知られたのは、言うまでもなく大伴氏一族の長《おさ》であった旅人である。

その旅人は『万葉集』に長歌一首、短歌七十一首を、また漢詩集『懐風藻』に五言詩一首を残したが、彼の長子・家持は坂上郎女とともに、つぎの天平万葉の時代に活躍し、記念すべき万葉の終焉歌《しゅうえんか》を詠んでいる。

では、大伴旅人の個性豊かな作品群から見ていくが、彼の名歌と言えば、まず「凶問に報《こた》へる歌」（巻五―七九三）を思い出す人が多いであろう。

世の中は空《むな》しきものと知る時しいよよますます悲しかりけり

（この世が空しいものだと初めて思い知ったときこそ、いよいよ、ますます悲しさが実感されたことだ。）

これは神亀四（七二七）年秋、旅人が大宰府長官として赴任してまもなく、坂上郎女の夫・大伴宿奈麻呂の訃報に接したばかりか、愛妻・大伴郎女の死にも直面して、悲嘆に暮れながら詠んだ歌だとされている。

（注：神亀四年秋は、高句麗の後継国家・渤海国が初めて訪日親善使節団を派遣し、彼ら一行が不運にも出羽地方の海辺に漂着した同じ時季にあたる。後述。）

周知のごとく大伴氏は古来、天皇家に仕えてきた大豪族で、旅人の父・大伴安麻呂は大納言兼大将軍であったし、旅人自身も左将軍・中納言などの要職に就いていた高官であった。

そして旅人は、天武天皇の孫である大納言・長屋王と親交を結んでいたが、藤原政権の確立をもくろむ藤原氏一族の策謀によって、大宰府へと左遷されてしまったのである。

先の歌には、老いて中央政界から疎外されたばかりか、弟と愛妻の死に遭遇した旅人の悲哀がにじみ出ているが、それに深く同情した山上憶良は、長歌「日本挽歌」一首、反歌五首（巻五―七九四～七九九）を献上している。

憶良は旅人より二年前、神亀二年に筑前国守に任じられ、旅人の妻の葬儀にも参列したが、献上した反歌の一首目は、

家に行きて如何にか吾《あ》がせむ枕づく妻屋《つまや》さぶしく思ほゆべしも

（妻の葬所から家に帰って、私はどうしたらよいのだろう。枕を並べた妻屋もさびしく思うに違いない。）

まさに旅人と同じ心情で、彼の妻の死を悼んでいるが、旅人自身はそれ以後、やはり鬱々とした日々を過ごしたようで、かの有名な「酒を讃《ほ》むるの歌」（巻三—三三八～三五〇）など十三首を詠んでいる。その一首目は、

験《しるし》なき物を思はずは一坏《ひとつき》の濁《にご》れる酒を飲むべくあるらし

（考えても仕方のない物思いはしないで、一杯の濁り酒を飲むほうがよいらしい。）

度重なる心労が旅人をして、こよなく酒を愛する日々をもたらしたに違いない。「濁れる酒」は朝鮮式の「マッコリ」であったろうが、つぎのように中国の酒にまつわる故事を詠んだ歌（巻三—三三九）も生まれている。

酒の名を聖《ひじり》と負《おほ》せし古《いにしへ》の大《おほ》き聖の言《こと》のよろしき

（酒の名を聖と名づけた大昔の、大聖人の言葉の見事なことよ。）

これは旅人が『魏志』の史話を歌にしたもので、魏の太祖（曹操）が禁酒令を出したとき、愛酒家の徐邈《じょばく》なる者がその禁令を破って酒を飲み、役所に密告されてしまった。しかしある役人が、

「愛酒家は酒の名をはばかって清酒を「聖人」、濁酒を「賢人」と呼んだが、徐邈《じょばく》は謹直な男で、たまたま酒に酔ったのだ」と弁護したという話である。

中国の文物に通じていた旅人の、いかにも愛酒家らしい歌であるが、つぎの二首（巻三―三四三、三四八）も、その並外れた愛酒家ぶりを象徴するような作品だと言えよう。

なかなかに人とあらずは酒壺に成りにてしかも酒に染《し》みなむ
（中途半端な人間でいるよりは、酒壺にでもなればよかった。そうすればいつも酒に浸っていられよう。）

まさに酒神にでも取り付かれたような旅人にとって、それならば酒を飲まない男は、どのように映っただろうか。つぎの歌（巻三―三四四）は、世の愛酒家たちの拍手喝采を浴び、嫌酒家らを激怒させた傑作である。

あな醜《みにくさか》賢しらをすと酒飲まぬ人をよく見れば猿にかも似る
（なんと醜いことよ、利口ぶって酒を飲まない男をよく見ると、どうも猿に似ているなあ。）

大宰府の長官であってみれば、旅人が地方の有力者や官吏、部下たちを招いて酒宴を開き、交遊を重ねる機会は数多かったであろう。

その招客の中にたまたま、酒を飲まずに偉ぶっている役人がいたに違いない。その男の顔をよく見ると猿に似ていたなあ、という旅人らしい風刺が飛び出したわけである。

飛鳥・奈良時代の酒と言えば、『古事記』応神紀の「須須許理《すすこり》が醸《か》みし御酒に我酔《われえ》ひにけり……」という応神天皇の歌が思い出される。

秦氏の祖先で、「酒を醸《か》むことを知れる人」、つまり酒造家の須須許理が渡来し、彼のつくった酒を飲んだ応神が心地よく酩酊したという伝承歌である。

その秦氏創建の松尾大社（京都）には、いまでも「松尾社日本第一酒造氏神」という石柱が立っているが、旅人や憶良らが大宰府の宴席で愛飲した「濁れる酒」は、やはり「マッコリ」と見て差し支えないであろう。

二　初の渤海使節と長屋王

神亀四（七二七）年秋のことであった。

高句麗の後継国家・渤海《ぼっかい》（パルヘ）国の初の訪日使節団二十四名は、出羽地方の海辺（秋田県北部から青森県にかけての沿岸）に漂着して、蝦夷《えみし》に襲撃されるという大事件に遭遇した。

この年は前述のように、大伴旅人が大宰府へ左遷された年だが、もし渤海使節団の乗船が対馬海流によって北へ押し流されず、九州の海岸あたりにでも漂着していれば、鴻臚館《こうろかん》（外国使節用の客館）に迎え入れられ、旅人や憶良らの歓待をうけていたであろう。

しかし、悲運にも海流に流されて出羽の海辺に漂着した渤海使節団は、なんと高仁義《コインイ》団長以下十六名が蝦夷らに殺害されてしまい、辛うじて死地を逃れた使節八名が日本官民の助けをうけて、やっと平城京にたどり着いたのであった。

その当時、聖武朝最高位の左大臣であった長屋王《ながやのおおきみ》は、文字どおり九死に一生を得て、渤海国第二代の国王・武芸王の国書を奉持した使節たちを温かく迎え入れ、手厚くもてなしたようである。

正史『続日本紀』は、神亀五（七二八）年正月十七日の記事として、朝廷の公式歓迎行事が開かれ、「聖武天皇が中宮に出御して、高斉徳《コジエドク》らが渤海王の書状と土地の産物を奉った」と伝えている。

このときの武芸王の国書は　渤海が「高句麗の旧地を回復し、扶余の古い風俗を保持している」とした上で、「今後は相互に親善・協力し、友好的な歴史に叶うよう使者を遣わし、隣国としての交わりを始めたいと思う」と提議している。

これは渤海が日本に対して、かつての高句麗と倭国のごとく、善隣友好関係を維持していこうというもので、当時、大同江以南を支配している新羅を意識した対日政策であったのは言うまでもない。

事実、「白村江の戦い」以後、日本の支配層の中には新羅に対する敵対意識が色濃く残っていたが、新羅は機会あるごとに対日使節を派遣し、親善交流を求めていた。

その一端は、漢詩集『懐風藻』に、時の実権者であった長屋王が、養老七（七二三）年八月に訪日した新羅使・韓奈麻《ハンナマ》一行と、神亀三（七二六）年五月に来日した金造近《キムジョクン》一行を自邸に招き、盛大な歓迎宴を催したという記録にも表れている。もちろん、公的な招宴は朝堂で開かれているが、それはあくまでも外交的儀礼と形式の中で行われているため、そこに人間的な交流が生まれる余地はなかったと言ってよい。

しかし長屋王の場合は、「私邸における音楽と舞踊をともなった自由な饗宴であり、王の重んじた風流文雅の士の間に交わされる「清談」の場であって、ここから懐風藻にみられるような詩が生まれたのは不思議ではない」（石母田正「詩と蕃客」）宴席なのであった。

確かに、そうした人間的な雰囲気は、日本側の参席者たちの詩作によく表れている。たとえば、背奈王行文《せなのきみぎょうもん》は、「秋日長王宅にして新羅の客を宴《うたげ》す」と題する詩の中で、主人の「長屋王は賓客をめでて小雅を歌い、宴席を設けて、平和太平を慶賀する」と、その様子を伝えている。

（注：背奈王行文は高句麗渡来の官人で、武蔵国高麗郡出身の高麗朝臣福信の伯父にあたり、『万葉集』に歌一首を残している。）

また、同じく朝鮮渡来系の調忌寸古麻呂、刀利宣令、吉田連宜らの作品も見えるが、百済公和麻呂の、「……人は是《こ》れ鶏林の客、曲《しらべ》は即ち鳳楼の詞《ことば》。青海千里の外《と》、白雲一《はくうんもはら》に相思《あひ》はむ。」というくだりは、同胞としての心情がにじみ出ていると言えよう。

長屋王自身も「宝宅にして新羅の客を宴《うたげ》す」と題する漢詩で、「……金蘭の賞を愛《め》でてこそ有れ、風月の筵《えん》に疲るることなし。……」と、金蘭のごとく堅く親しい交流を愛するという心情を吐露した。

このように新羅人士と親交を深めてきた長屋王は、渤海使節に対しても、丁重な配慮をめぐら

韓国で出版された万葉集研究書

したと思われるが、『続日本紀』は、聖武天皇が高斉徳らに授勲と贈物を行ない、招待宴では雅楽寮の音楽を奏でさせたと伝えている。

また、渤海使節を本国まで送り届ける使者として、引田朝臣虫麻呂が選ばれ、渤海国王への信書と贈物などが決定されたという。

こうして神亀五（七二八）年七月、渤海使節は日本側の送使団六十二人によって祖国へと船出をしたが、これは、それ以後の、二〇〇〇余年にわたる渤海・日本の善隣友好関係の歴史的な幕開けであったのである。

三　藤原氏の権謀と「梅花の宴」

世にいう「長屋王の変」が起こったのは、その翌年、つまり神亀六（七二九）年二月十日のことであった。

この日の夜、往年の権力者・藤原不比等の三男・宇合《うまかい》が突如、多数の兵士を動員して左大臣・長屋王の邸宅を包囲し、彼が「謀反」を企んだとして、不比等の長男・武智麻呂らによる激しい追及が強行された。

その理由は、左京長官・藤原麻呂（不比等の四男）のもとに、「長屋王が密かに左道（呪術）を学び、天皇を倒そうと画策した」という密告があった、というものである。

こうして長屋王に対する尋問がつづけられたが、その翌日、長屋王は妻や息子たちとともに、何と自害して果ててしまったのである。

この大事件は文字どおり、平城京を大きく震撼させたが、それはのちに『続日本紀』が明記したごとく、密告者が「事実を偽って告発した」のであって、その裏には皇位継承をめぐる藤原氏一族の政治的謀略が隠されていた。

それは事件後まもなく、謀略の中心人物であった武智麻呂が大納言の要職を占め、光明子《こうみようし》（不比等の娘）が異例にも、聖武天皇の皇后に立てられた事実に集約されている。

こうして、藤原権勢確立の強力なライバル、長屋王一族を葬った藤原氏は、年号を「天平」と改元するよう画策して、ひたすら一族の栄耀栄華を追い求めていくのである。

では、その頃、まだ大宰府にいた大伴旅人は、「長屋王の変」をどのようにうけとめたであろうか。

それはあえて言うまでもなく、まさに晴天の霹靂《へきれき》であったろうが、旅人はその翌年、つまり天平二年正月、自邸に近隣の官吏たち三十一名を招いて、盛大にして風流な「梅花の宴」を催している。そうして、なんと合計三十八首の一大歌群を生み出したのである。

全く偶然ではあるが、ちょうど本稿の執筆中に、その宴席での旅人の一首（巻五—八五二）が朝日新聞夕刊の「万葉こども塾」に載っていた。筆者は奈良県立万葉文化館長の中西進氏である。引用してみると、

梅の花夢《いめ》に語らく風流《みや》びたる花と我《あれ》思《も》ふ酒に浮《うか》べこそ

（ウメの花が夢の中で話しかけてきました。「わたしは風流な花です。杯に浮かべてください」と。）

何とも風雅で瀟洒な歌であるが、同席した筑前守山上大夫、つまり憶良の歌（巻五—八一八）はこうだ。

春さればまづ咲く宿の梅の花独り見つつや春日暮《くら》さむ

（春になるとまず咲くわが家の梅の花、私一人でそれを見ながら一日を過ごすことなど、どうでしょう。）

ここで留意したいのは、この「梅花の宴」で歌を詠んだ官人たちの顔ぶれを見ると、憶良のように朝鮮渡来の氏族か、その後裔が多いという事実だ。その主な人物と歌を挙げてみると、まず筑後守・葛井大夫、つまり葛井大成《ふじいのおおなり》の作品（巻五—八二五）がある。

梅の花今盛りなり思ふどち插頭《かざし》にしてな今盛りなり
（梅の花は今が盛りだ。親しい人びとは、みな髪に挿そうよ。今が盛りだから。）

また、つぎの少令史という下級役人の田氏肥人《でんしのこまひと》の歌（巻五―八三四）は、秀歌として広く知られている。

梅の花今盛りなり百鳥《ももとり》の声の恋《こほ》しき春来《きた》るらし
（梅の花は今が盛りと咲いている。鳥たちの声も恋しい春がやって来ているらしい。）

そのほか、笠沙弥・土氏百村・張氏福子・高氏義通・志氏大道・田氏真上・高氏老・高氏海人・土師氏御道らがそれぞれ、梅の花や鶯、酒杯などをうたいあげている。

このように朝鮮渡来系の官人が多かったのは、当時の大宰府が日本の東アジア外交、とくに朝鮮・中国外交の唯一の窓口であったからして、その言葉と文化に通じた渡来系の知識人が選ばれていたのである。

四　山部赤人・笠金村・高橋虫麻呂

さて、山部赤人と言えば、まず学校で習った有名な「不尽山《ふじのやま》を望める歌」と、その反歌（巻三―

三一七、三一八）を思い出す人が多いであろう。

長歌の方は、「天地《あめつち》の　分《わか》れし時ゆ……」で始まる荘厳な富士山讃歌で、その神々しい聖山に「雪は降りける　語り継ぎ　言ひ継ぎ行かむ　不尽の高嶺は」と、じつに格調高くうたいあげている。

この長歌はやや難解であったが、反歌の方は分かりやすく暗誦させられたものである。

　田子の浦ゆうち出でて見れば真白にそ不尽《ふじ》の高嶺《たかね》に雪は降りける

（田子の浦を通って出てみると、真っ白に富士の高嶺に雪が降っていたことだ。）

　赤人は聖武朝の代表的な宮廷歌人であるが、この歌を詠んだ場所はいまの薩埵峠《さったとうげ》、田子の浦は富士川西岸の蒲原・由比・倉沢にかけての海浜と見られている。

その赤人、富士山の女神が木花咲耶姫《このはなさくやひめ》であり、彼女が百済渡来の大山祇神《おおやまつみのかみ》の娘であるという、『記・紀』や『風土記』以来の伝承を知っていたであろうか。

（注：木花咲耶姫は、いまの富士山本宮浅間神社の祭神。大山祇神は三島大社の祭神である。）

それは定かではないが、赤人には奇しくもと言うか、百済野をうたった名歌（巻八―一四三一）があるので、興味はさらにつきない。

　百済野《くだらの》の萩《はぎ》の古枝《ふるえ》に春待つと居りし鴬《うぐいす》鳴きにけるかも

（百済野の萩の古枝で、春の到来を待っていた鶯は、もう鳴き始めただろうか。）

この百済野については、奈良県北葛城郡広陵町百済辺りを中心に、曾我川・葛城川流域一帯とする説と、橿原市高殿町東百済・西百済辺りとする説があるが、両地域とも朝鮮渡来氏族らの集住地であったのは言うまでもない。

赤人は官位・生没年ともに未詳だが、山部氏（もと久米部氏）は山守り部、つまり山の管理に当たった一族で、伊予の出身とも言われるが、高句麗・百済と下る扶余系の渡来人と見て差し支えないであろう。

つぎは、同じく宮廷歌人・笠金村《かさのかなむら》の名歌（巻六―九一二）である。

泊瀬女《はつせめ》の造る木綿花《ゆふはな》み吉野の滝の水沫《みなわ》に咲きにけらずや

（泊瀬の女が作る花のような木綿垂は、いま、み吉野の逆巻く波の水沫に咲いているではないか。）

これは養老七（七二三）年、元正女帝の吉野行幸に従駕したときの歌とされる。「泊瀬女」は泊瀬川上流の葬祭の地で木綿花を作る聖処女だという。吉野川の清冽な流れに魅せられた金村の、秀れた比喩として評価されている。

そして『笠朝臣金村歌集』には、やはり衣服にまつわる歌（巻六―九五二）があって、興味はさらに深まる。

韓衣《からころも》着奈良の里の島松に玉をし付けむ好《よ》き人もがも
（いつも韓の衣を着るという、奈良の里の庭の松の木に、玉をつけてくれるりっぱな人がいてほしい。）

万葉歌では「韓衣」がよくうたわれているが、奈良の里には、その魅力的な衣を身にまとった佳人がいてほしいと願ったのである。

この時期の、もうひとりの代表的歌人・高橋虫麻呂《たかはしのむしまろ》には、伝説を主題とする叙事的な長歌が数多い。

それは赤人と同じく「不尽山を詠める歌」（巻三―三一九）をはじめ、「水江の浦島の子を詠める歌」（巻九―一七四〇）、「勝鹿の真間娘子を詠める歌」（巻九―一八〇七）などの名歌が知られているが、とくに興味深いのは「河内の大橋を独り去《ゆ》く娘子を見たる歌」（巻九―一七四二、一七四三）である。

虫麻呂は長歌で、「級照《しな》る　片足羽川《かたしはがは》の　さ丹塗《にぬり》の大橋の上ゆ　紅《くれなゐ》の　赤裳裾《あかもすそ》引き……」とうたい、つぎのような反歌を詠んでいる。

大橋の頭《つの》に家あらばうらがなしく独り行く児に宿《やど》貸さまし
（大橋のたもとにわが家があったなら、なんとなく悲しそうに一人で歩いているあの子に、一夜の宿を貸したいものを。）

まさに「一幅の絵……万葉の浮世絵ともいいたいような」（犬養孝『万葉の旅』）歌であるが、河内の「片足羽川」とはどこを流れ、丹塗りの大橋とは、どこに架けられていた橋なのであろうか。それについては諸説あるが、「片足羽川」とは南河内の北部を流れる石川のことか、それに合流する大和川のことなのか、まだ確定されていない。

したがって「大橋」の方も、石川に架かる橋か、大和川に架かる橋か、定かではないのだが、いずれにせよ、それは朝鮮渡来の橋梁技術集団によって建設された橋であることは間違いないであろう。

それについて中西進氏は、「橋をかける技術は、当時の日本にはなく、朝鮮系の渡来者によってもたらされた。河内は朝鮮からの渡来者が多く住んでいたところなので、その進歩した技術によってかけられた大橋を、大和人は驚異をもって眺めたことだろう。」（『万葉の秀歌』上）と述べている。

確かに日本の橋の起源は、『日本書紀』推古紀が伝える百済渡来の「路子工《みちのこのたくみ》」、つまり「橋梁建設の大家」であった芝耆摩呂《しきまろ》にあると言われている。

史書によると、朝廷は「巧《たくみ》ニ長橋ヲ掛《か》ク」芝耆摩呂に、三河・信濃・遠江・陸奥・甲斐などで橋を架けさせたほか、各地でなんと「一百八十橋を造ラシ」めた（『大成経』）という。

もう一つ見落とせないのは、奈良・元興寺の高句麗僧・道登《トドン》が大化二（六四六）年に宇治橋を架けた（『帝王編年記』）という記録である。

また、百済僧・道昭が山崎橋を架け、その弟子であった行基大僧正が平城京建設に尽力したばかりか、摂津に四橋、山城に二橋を架けた業績である。

このように、高橋虫麻呂は、朝鮮渡来の工匠か高僧が架けたであろう河内の大橋の上を、いま風のチマ・チョゴリに似た「韓衣」姿の娘が歩いて行ったを見て、幻想的な古代ロマンの夢を描いてみたわけである。

第十二章　天平万葉の時代（上）

一　激動期の歌人たち

「天平《てんぴょう》」という年号は、「天王貴平知百年」という文字を背にした亀が発見され、それが瑞祥《ずいしょう》として聖武朝に献上されたことに基づくという。

年号改元を成就させたのは都京の長官・藤原宇合《うまかい》で、政敵とみなす長屋王を倒した藤原氏一族は、その直後に光明子《こうみょうし》（藤原不比等の娘）を聖武天皇の皇后に仕立てる政略を成功させたのであった。

こうして天平元（七二九）年から、「天下太平」を意味する天平と、天平感宝・天平勝宝・天平宝字・天平神護という年号が三十八年間もつづくのである。

しかし、この時代は天平という年号とは裏腹に、「藤原広嗣の乱」を皮切りに、橘奈良麻呂・恵美押勝（藤原仲麻呂）・道鏡らによる政変や内乱が相次ぐ激動の時代でもあった。

この天平時代、天皇として二十年間、君臨したのは聖武帝であったが、彼が愛娘を孝謙天皇として即位させた頃から、政情は混乱の兆しを見せはじめ、聖武と左大臣・橘諸兄《たちばなのもろえ》の没後、藤原氏が関わる政変や内乱がつづいたのである。

さて、万葉史から見ると、この時代は最後の第四期、すなわち天平万葉の時代となるが、以下、激変する時流の中で生きぬいた主な歌人たちを見ていくことにしよう。

この時代の初頭に名歌を残した歌人たちは、前代に活躍した大伴旅人・山上憶良・山部赤人・笠金村らであるが、つづいて登場するのは、旅人の長子・大伴家持をはじめとして、坂上郎女・笠女郎・田辺福麻呂・葛井大成・中臣宅守・狭野弟上娘子らである。

では、まず旅人ゆかりの万葉歌であるが、前号でも述べたように、旅人は大宰府の長として「筑紫歌壇」とでも言うべき多彩な詩歌の舞台をつくり上げていた。

私たちが学生時代、暗誦させられた小野老《おののおゆ》の「あをによし……」の歌（巻三—三二八）も、この歌壇から生まれた名歌だ。

あをによし寧楽《なら》の京師《みやこ》は咲く花の薫《にほ》ふがごとく今盛《さか》りなり
（青丹も美しい奈良の都は、咲き薫る花の輝くように、いま盛りである。）

「あをによし」（青丹吉）は、奈良にかかる枕詞《まくらことば》。丹青（赤と青）を美しいとして好んだ奈良時代の色彩感覚だが、そこには朝鮮仏教の興隆によって建立された名刹の伽藍や高麗錦などの色彩も含まれていたであろう。

小野老の歌は、上司の旅人が自分の次官昇進を祝って催した酒宴での作品だが、辺境の地にあっても奈良の都を忘れ得ぬ官人たちの、切なる望郷の思いがこめられている。

ちなみに、「憶良らは今は罷《まか》らむ子泣くらむ　そのかの母も吾《あ》を待つらむぞ」（巻三―三三七）という名歌も、この席で生まれたものだ。

そのとき、次代を担う大伴家持はまだ十三歳であったが、父の旅人は重病が癒えたある日、朝廷から突如、大納言に任ぜられるという思いがけない吉報に接した。そして夢にまで見た帰京の日が到来したのであった。天平二（七三〇）年十一月のことである。

その日、大宰府の官人たちは郊外の駅家で送別の宴を開いたが、百済渡来系氏族の麻田連陽春《あさだのむらじやす》は、つぎのような餞《はなむけ》の歌二首（巻四―五六九、五七〇）を詠んだ。

その一首目は、「韓人の衣染《そ》むとふ紫の情《こころ》に染みて思ほゆるかも」という有名な歌であるが、二首目は、

大和へに君が立つ日の近づけば野に立つ鹿も響《とよ》みて鳴く

（大和の方へ貴方が出発なさる日が近づくと、野に立つ鹿まで別れを惜しんでみな鳴いています。）

同じく朝鮮渡来系では、沙弥満誓《さみのまんせい》の歌（巻四―五七二、五七三）と、葛井大成《ふじいおおなり》の歌（巻四―五七六）がある。

旅人は周囲の人びとから、このように慕われていたが、懐かしい奈良の都へ戻ってから、つぎのような歌（巻三―四五一）を詠んでいる。

人もなき空しき家は草枕旅にまさりて苦しかりけり
（愛する妻もいない空しい家は、草を枕の旅よりもはるかに心が満たされないものだ。）

思い出深い佐保の家であったが、いまや孤老の身。結局、旅人は再び健康を取り戻すことができず、天平三年七月、ついに黄泉の国へと旅立ってしまったのである。

この訃報に百済渡来系の官人・余明軍《よのみょうぐん》は、五首の追悼歌（巻三―四五四～四五八）を詠んでいる。

かくのみにありけるものを萩の花咲きてありやと問ひし君はも
（運命は、このようでしかなかったのに、萩の花は咲いているかと尋ねられた貴方よ。）

なお、底本（西本願寺本）では、余明軍のことを「金明軍」と記しているから、金姓の方が正しいのかも知れない。

二　坂上郎女と笠郎女をめぐって

『万葉集』の女流歌人の中で、最多の八十五首におよぶ歌を残したのは、大伴坂上郎女《おおとものさかのうえのいらつめ》であった。

坂上郎女は旅人の異母妹であり、家持の叔母にあたるが、一族の長を失ったあと、大伴氏の中心的な女性として藤原氏の圧力に耐えながら、名族の誇りを守りつづけた。

しかし彼女の生没年は未詳。大納言・大伴安麻呂の娘で、天武天皇の子・穂積皇子に嫁いだが、まもなく死別。その後、藤原麻呂の求婚に応えたが、やがて離別。最後に大伴宿奈麻呂の妻となって二児をもうけたが、これも死別するという不運に遭遇している。

こうして彼女は旅人亡きあと、甥の家持を見守りながら大伴氏一族をまとめ、秀れた歌を数多く詠んだが、名歌として親しまれているのは、つぎの一首（巻四―五二六）である。

千鳥鳴く佐保の河瀬のさざれ波止む時も無しわが恋ふらくは
（千鳥が悲しげに鳴く佐保川の瀬のさざなみのように、止むときもないわが恋心よ。）

恋多き女とも言われたが、筆者がとくに印象深かった長歌は、前述のごとく「尼《あま》理願が死去《みまか》れるを悲しび嘆きて作れる歌」（巻三―四六〇）である。長いので、その前半部分のみを引用したい。

栲綱《たくつの》の　新羅の国ゆ　人言を　よしと聞かして　問ひ放《さ》くる　親族《うから》兄弟《はらから》無き国に　渡り来まして　大君の　敷きます国に　うち日さす　京《みやこ》しみみに　里家は　多《さわ》に　あれども　いかさまに　思ひけめかも　つれもなき　佐保の山辺に　泣く子なす　慕ひ来まして　布細《しきたへ》の　宅《いへ》をも造《つく》り　あらたまの　年の緒《を》長く　座《いま》ししものを……。

（栲綱の白い新羅の国から、人が住みよいと言うのをお聞きになって、話し合う親兄弟もいないこの国に渡って来られて、天皇のお治めになる国には、都にもぎっしりと町々の家はたくさんあるのに、どのようお考えになったのか、このへんぴな佐保山のほとりのわが家に、泣く子のように慕って来られて、安住の家までつくり、あら玉の年月も長く住んでおられたのに……。）

まず「栲綱の……」の意味。これは新羅にかかる枕詞で、栲綱は楮《こうぞ》の類で編んだ縄や綱のこと。その白さから類音の「シラギ」にかかると考えられている。興味をひくのは、原文が「栲角乃……」であることから、「栲《たく》」は新羅語の「タク（鶏）」、「角（つの）」は同じく「プル（角）」という語が変化して「ボル（原）」となり「林」を意味するから、「栲角」は結局、新羅の別称「鶏林」を意味するという説（金容雲『日本語の正体』）があることだ。なるほど、と思わせる指摘ではある。

つぎにこの歌の経緯だが、題詞によると、この歌は新羅の尼僧・理願《リウォン》が縁あって大伴氏の邸宅に寄住し、十数年を過ごしたが、天平七年、突然不治の病にかかり、ついに黄泉の国の人となってしまった。そこで坂上郎女が葬送をすませ、この歌を作って主の石川命婦に届けた、という。見たとおり、この長歌は大伴氏の出自に関わる、つまり朝鮮渡来系氏族としての人間模様をも物語る作品で、新羅仏教との関わりを伝えていると言えるであろう。

坂上郎女につづいて、二十九首と歌数が多い女流歌人は、笠郎女《かさのいらつめ》である。すでにふれた笠金村、あるいは笠朝臣麻呂（沙弥満誓）の娘か、とも言われるが、姓氏から見て新羅渡来系の子女と考えてもよいであろう。
その彼女が詠んだ歌は、すべて大伴家持に贈ったものであるからして、彼に対する思慕の情は、切ないまでに人びとの胸を打ったに違いない。つぎに代表的な秀歌を二首（巻三―三九五、巻四―五九四）紹介する。

託馬野《つくまの》に生《おふ》る紫草衣《むらさききぬ》に染め未だ着ずして色に出でにけり
（託馬野に生い茂る紫草で衣を染めるように、まだ着ないうちから、もう人目についてしまいました。）

紫草の生い茂る託馬野は、滋賀と熊本の両説があるが、私見では、滋賀の筑摩を指すと見る。紫草はすでにふれたように、朝鮮渡来氏族が伝えたムラサキ科の多年草で、その根から紫色の染料をとったのである。
かつて大海人皇子が、額田王を「紫草のにほえる妹」とうたった、あの紫草であるが、笠郎女もその紫の衣を身にまとって、誰よりもまず家持に見てもらいたかったのであろう。

わが屋戸《やど》の夕影草の白露《しらつゆ》の消《け》ぬがにもとな思ほゆるかも
（わが家の夕映えの中に光る草の白露のように、すぐに消えてしまいそうで、心もとなく思われますよ。）

しかし、それはかなわぬ恋であった。なぜなら家持には、すでに坂上大嬢《おおおとめ》（坂上郎女の娘）という正妻がいたからである。むろん笠郎女はそれを知っていた。

ともあれ、家持は由緒ある大伴氏の青年貴公子して、その前途には一族の期待だけでなく、朝廷の貴族・官僚たちからも注目を浴びていたのである。

そして家持は天平九（七三七）年、二十一歳のときに内舎人《うどねり》（中務省の官吏）となり、聖武天皇の皇子・安積皇子の訓育役に抜擢された。

以来、彼は左大臣・橘諸兄の庇護をうけていくが、その官位を見ると、正六位から天平十七（七四五）年には従五位下に昇進し、その翌年六月には越中守に任じられるのである。

三　葛井氏の歌人たち

天平八（七三六）年十二月のことであった。葛井連広成《ふじいのむらじひろなり》の邸宅で、歌舞所《うたまいどころ》の王族や臣下たちを招いた華やかな宴会が催された。

元もと葛井氏一族は、百済渡来の王子・辰孫王の後裔で、葛井連の賜姓以前は白猪史《しらいのふひと》と称していたが、朝鮮渡来の諸王族の中でも、数多くの秀れた学者・歌人を輩出した氏族として知られている。

前章では、大宰府の大伴旅人が催した「梅花の宴」で、筑後守・葛井大成が詠んだ歌にふれたが、同族の葛井広成は養老三（七一九）年、遣新羅使となったのち、一路、昇進の道をたどった葛井氏屈指の高級官僚で、「文雅の士」と讃えられた人物である。

広成の栄達には、彼の夫人が光明皇后の母（犬養三千代）の親戚であったことも指摘されているが、先の宴席での歌二首（巻六―一〇一一、一〇一二）は、こうである。

わが屋戸の梅咲きたりと告げやらば来《こ》といふに似たり散りぬともよし
（わが家の梅が咲いたと人に告げたら、いらっしゃいと言うのに似ている。梅は散ってもかまわないが。）

春さればをゝりにをゝり鶯《うぐひす》の鳴くわが山斎《しま》そやまず通はせ
（春になると、枝をたわめて鶯が鳴くわが家の庭ですよ。いつでも通っておいでくだされ。）

粋人でもあったのであろう、軽妙で風流なうたいぶりであるが、一転硬派とも思えるのは、広成が漢詩集『懐風藻』の中で、藤原不比等の「佳野の作」に唱和した五言詩二首と、勅撰漢詩文集『経国集』に載った官吏登用試験用の模範文二編などがあることだ。五言の絶句「月夜河濱に坐す」は、

雲飛びて玉柯《ぎょくか》に垂れ、月上《のぼ》りて　金波《きんぱ》動く。落照曹王《らくしょうそうおう》が苑《その》、流光織女《りゅうこうしょくじょ》が河《かわ》。

「玉柯」は木の枝。「曹王」は魏の曹操（武帝）の第三子陳思王曹植のこと。詩文に巧みで、名月清夜の詩が有名であるが、広成は彼の文酒の苑を思い浮かべ、移りゆく月光が天の河に美しく

映えている、とうたったのである。

当時、広成は正五位であったが、これは天平二十年八月、聖武天皇が彼の私邸へ行幸して宴遊したとき、夫妻に授けた破格の官位である。聖武帝の恩寵がいかに厚かったかを示す叙勲と言えるだろう。

その広成と同じように、遣新羅使に任じられたのは、同族の葛井子老《ふじいのこおゆ》であった。彼は天平八年六月、新羅へと旅立ったが、その途中の壱岐島で、雪連宅満が急死するという不幸に遭遇し、哀調をおびた挽歌三首（巻十五―三六九一～三六九三）を詠んでいる。

はしけやし妻も子どもも高高《たかだか》に待つらむ君や島隠《しまがく》れぬる

（いとしいことに、妻子らが心から待っているであろうに、君は島の中に隠れてしまったのか。）

遣新羅使と新羅使の相互訪問は、天武五（六七六）年から始まり、元慶六（八八二）年までつづけられたが、言うまでもなく航海中の遭難事件は数多い。

葛井諸会《ふじいのもろあい》は、広成と同様、『経国集』に対策文二編を載せる学者だが、詩文もよくしたらしい。平城京遷都の翌年、つまり天平十八（七四六）年正月のこと、新都に珍しく大雪が降り積もった。そこで左大臣・橘諸兄は大伴家持をはじめ、多くの廷臣たちを引き連れて太上天皇の御殿に参上し、雪かきに奉仕したという。

このとき天皇が酒宴を催し、雪の歌を詠むようにと命じたので、重臣たちはそれぞれ応詔歌をつくったが、その中にいた諸会は、つぎのような歌（巻十七―三九二五）を詠んだ。

新しき年のはじめに豊《とよ》の年しるすとならし雪の降れるは
（新しい年のはじめに、豊作の年の兆しを見せるのであろう、雪がこんなに降り積もるのは。）

現・大阪府藤井寺市内の古社・辛国《からくに》神社は、その葛井氏の氏神であり、名刹・葛井寺は聖武天皇の勅願によって建立されたという葛井氏の氏寺である。

四　田辺氏と秦氏の歌人たち

葛井氏と並んで、河内国安宿郡を拠点とした田辺氏一族も、著名な学者や文人を輩出した百済渡来系の氏族である。

まず挙げられるのは、文武四（七〇〇）年、大宝律令の撰定に携わった法学者・田辺史百枝《たなべのふひとももえ》であるが、彼は『懐風藻』に五言律詩「春苑応詔」を残す詩人でもあった。

大宝律令は、律令国家発展期の基本法典である。その撰定事業には田辺氏から百枝のほか、二名の学者が加わっているが、それはこの一族の学識の高さを示すものであろう。

万葉歌人としては、まず田辺秋庭《たなべのあきにわ》が目につく。彼は天平八（七三六）年六月、新羅へ派遣された官吏で、大島の鳴門を過ぎて詠んだ歌（巻十五―三六三八）が残されている。

これやこの名に負う鳴門の渦潮《うづしほ》に玉藻《たまも》刈るとふ海人乙女ども
（これよ、これ、その名に背かない鳴門の渦潮に玉藻を刈るという乙女たちよ。）

「鳴門」は瀬戸内のそれではなく、いまの山口県柳井市と大島の海峡で起こる渦潮だが、秋庭は船旅のつらさを海女のそれになぞらえたのであろう。

幅広く活躍したのは、最後の宮廷歌人と評された田辺福麻呂《たなべのさきまろ》である。

彼は、先代の柿本人麻呂・山部赤人・笠金村らの伝統をうけつぎ、遷都による旧都への追想と新都への賛歌、そして伝誦歌など十三首を詠んでいる。

また『田辺福麻呂歌集』には、計三十一首（長歌十首、短歌二十一首）が収められているが、これは福麻呂自身の作品を集めたものであろう。つぎに「奈良の故郷を悲しびて作る歌」（巻六―一〇四八）を挙げよう。

立ち変はり古き都となりぬれば道の芝草《しばくさ》長く生《お》ひにけり
（時は移り変わり、古い都となってしまったので、都大路は芝草も長く生い茂ってしまった。）

その福麻呂、のちに橘諸兄の使者となり、当時、越中守として赴任していた家持と親交を深めることになるが、その経緯や作品などについては後で述べたい。

ちなみに、田辺氏の氏寺は、現・大阪府柏原市田辺町の春日神社の境内にあった田辺廃寺である。

つぎに、山城の大豪族・秦氏一族の歌人たちについて見ることにしよう。

まず釈弁正（俗姓・秦氏）であるが、彼が唐に留学して「本郷を憶ふ」五言詩をつくったことはすでにふれた。

遣新羅使に任じられた秦間満《はたのまろ》は、天平八（七三六）年六月、難波津からの出帆を前にして、つぎのような歌（巻十五―三五八九）を詠んだ。

夕さればひぐらし来《き》鳴く生駒山越えてそ吾《あ》が来る妹《いも》が目を欲《ほ》り

（夕暮れになると、ひぐらしが来て鳴く生駒山を越え、私は帰って来た。ひと目、妻に逢いたくなって。）

この歌を載せた『万葉集』巻十五には、新羅へ派遣された使節一行が折にふれて詠んだ歌、誦詠した古歌など百四十五首が収録されている。前述の葛井子老、田辺秋庭の歌もこの巻に収められているが、そのほかにも朝鮮渡来氏族の後裔と思われる使節の歌が少なからず見受けられる。

つづいて秦氏の歌人を挙げると、秦田麻呂《はたのたまろ》の歌（巻十五―三六八一）は、渡海の途中、肥前国松浦郡狛島《こましま》で船泊したときに詠んだものだが、前記の秦間満と同一人物ではないか、とする説もある。

帰り来て見むと思ひしわが宿の秋萩薄《あきはぎすすき》散りにけむかも

（無事に帰京して見ようと思った、わが家の秋萩やすすきは、もう散ってしまっただろうか。）

また、秦許遍麻呂《はたのこへまろ》は、天平十一（七三九）年十月、橘諸兄の邸宅で開かれた橘奈良麻呂の宴で、つぎのような歌（巻八―一五八九）を詠んだ。

露霜《つゆしも》にあへる黄葉《もみじ》を手折り来て妹《いも》にかざしつ後《のち》は散るとも

（露霜にあった黄葉を手折ってきて、その娘の髪に挿してみた。あとは散ってもかまわないが。）

秦忌寸八千島《はたのいみきやちしま》は、天平十八（七四六）年八月、越中守・大伴家持の招宴で歌（巻十七―三九五一）を詠み、翌年四月には、上京する家持を自邸に招き、つぎのようにうたっている（巻十七―三九五六）。

奈呉《なご》の海人《あま》の釣する舟は今こそば船棚《ふなだな》打ちてあへて漕《こ》ぎ出め

（奈呉の海の漁夫たちの釣り舟は、いまこそ船べりを叩いて勢いよく漕ぎ出せばよい。）

奈呉《なご》（現・富山県新湊市放生津）の漁夫を詠んでいるが、これは作者が、のちに『万葉集』編纂の最大の功労者となり、その最後をも飾る家持の前途を漁夫の釣り舟に託して、いまこそ力強く漕ぎ出そう、と励ましたのではないだろうか。そう思えてならない。

ともあれ、秦河勝《はたのかわかつ》を総帥とする秦氏一族の本拠地は、山城国（現・京都府南部）であり、彼らの氏寺は、「永遠の微笑」で世界的に有名な弥勒菩薩像（国宝第一号）を安置する、あの名刹・広隆寺である。

第十三章　天平万葉の時代（中）

一　「山柿の門」の謎をめぐって

大伴氏一族の青年貴公子・大伴家持が越中国守に任じられたのは、天平十八（七四六）年六月のことである。弱冠二十九歳、単身赴任であった。

当時の越中国は、能登四郡を含む大国（律令制による面積・人口などの区分で第一等の国）で、国府は伏木（高岡市郊外）という富山湾に面した港町の高台に位置していた。

その年の八月、新国守の家持は国府の館で宴席を設け、地元の官吏や僧侶らを招いて着任の挨拶を行ない、彼らと親交を深めながら歌を詠んだりした。

この席には、同族であり在任国司の筆頭である大伴池主《いけぬし》をはじめ、秦八千島《はたのやちしま》、玄勝《げんしよう》、土師道良《はじみちよし》らが参加し、それぞれの思いをこめた歌（巻十七—三九四三～三九五四）が『万葉集』に収められている。

こうして家持は、越中国守時代の第一歩を踏み出したが、その翌月、彼は突如、愛弟・書持《ふみもち》が他界したという訃報に接し、「長逝せる弟を哀傷《かなし》びたる歌」（巻十七—三九五七～三九五九）を詠んだ。

その一首、

かからむとかねて知りせば越《こし》の海の荒磯《ありそ》の波も見せましものを

(こうなると、かねてから知っていたならば、越の海の荒磯の波涛でも、見せてやればよかったものを。)

その後、家持は亡き弟への哀惜の心労と、慣れない雪国の寒さからしばらく病床につき、親交のある大伴池主へ漢文の書簡と「悲歌」二首を送っている。

池主はむろん、それに温かく応えたが、家持の二回目の書簡には、いまなお論議がつづく「山柿の門」の一節(巻十七―三九六八)があった。

それは家持が、己れの歌境を尊敬してやまない先輩歌人「山柿《さんし》」の域に未だ到達していないという自戒をこめた述懐であるが、そのくだりはつぎのとおり。

幼年に未だ山柿之門に逕《いた》らずして、裁歌《さいか》の趣《おもむき》は詞《ことば》を聚林《じゅりん》に失ふ。……

(幼年時代より山柿の門に学んだことがないので、歌をつくるのにも、まだ用いる言葉が粗雑である。)

この一節のあと家持は、「生来、凡俗愚劣なのが私の欠点で、黙っていられないのである」とまで書いているが、問題は彼が書いた「山柿」とは、いったい、どの歌人を指すのか、という点である。

これと関連して、『古今和歌集』の仮名序以来、通説とみなされてきたのは、「山」は山部赤人を指し、「柿」は柿本人麻呂を指すという説である。

（注：平安時代の『古今和歌集』仮名序は、人麻呂を「歌聖」としながらも、人麻呂は赤人の上に立つことがむずかしく、赤人は人麻呂の下に立つことがむずかしい、と述べている。）

また「山柿」を漢語の意と解して、それは人麻呂のみを指すという異説もあって、論争の種は今日に至ってもなかなか尽きない。

こうした通説、異説に対して、真っ向から異議を唱えたのは、近代の国文学者・佐佐木信綱であった。彼は家持が和歌の師と仰いできたのは、山部赤人ではなく、山上憶良であると主張したのである。

この佐佐木説に賛同する学者は少なくないと聞くが、かくいう私も、この説がきわめて妥当であると考えている。なぜならば、まず家持が幼い頃、身近にあって親しく交わり、歌づくりに影響を与えたと考えられる人物は、大宰帥である父の旅人と、叔母の坂上郎女を除けば、当時、筑前守であった山上憶良しかいないからである。

その頃、憶良はすでに『山上憶良歌集』を編んでおり、「筑紫歌壇」の最有力歌人として名をなしていたし、人麻呂にしても同様、すでに『柿本人麻呂歌集』をものし、宮廷歌人として広く知られていた。

ちなみに、家持の歌で作歌年代のはっきりしているもののうち、最初の作とみなされているのは、十五歳頃の題詠の習作（巻六―九九四）であるが、それは――、

大伴家持

振仰《ふりさ》けて若月《みかづき》見れば一目見し人の眉引《まゆびき》思ほゆるかも
（空遠く振り仰いで、かすかな三日月を見ると、かつて一目見た美しい女性の描き眉がしのばれます。）

いかにも少年らしい、それでいて、早くも繊細かつ優美な作風の片鱗を示した歌であるが、そこにはやはり、父や叔母、そして憶良などの作風からうけた詩心が芽生えていたと言えよう。

では、赤人の方はどうかと言えば、彼は家持とほぼ同年代の歌人であったからして、先輩歌人と言えないだけでなく、同じような世代の赤人の作歌から家持が学ぶなどということは、まず、あり得ないと考える。

したがって、家持が述べた「山柿の門」は、未だに憶良と人麻呂の歌才や歌境から学びきれていない己れの至らなさを率直に吐露したもの、と見るのが自然であろう。

事実、家持はのちに、憶良の辞世の歌とも言える、「士《おのこ》やも空しかるべき万代《よろづよ》に語り継ぐべき名は立てずして」という歌（巻六—九七八）に「追和」（後を追って唱和すること）して、長歌（巻十九—四一六四）を詠んだり、憶良の歌を手本にしたりしているのである。

ともあれ、世にいう万葉の三大歌人—つまり山上憶良・柿本人麻呂・山部赤人がほかならぬ、朝鮮渡来氏族の血筋をひく詩歌人であったという史実は、改めて『万葉集』の実像をわれわれに語り伝えているると言えるであろう。

二　大伴家持の越中国守時代

天平二十（七四八）年三月のことであった。

当時、宮廷歌人として著名であった田辺福麻呂《たなべのさきまろ》は、左大臣・橘諸兄《たちばなのもろえ》の依頼によって、平城京からはるばる越中国（富山県）へと旅立っていった。

福麻呂の職責は、造酒司令史《さけのつかさのさくわん》、つまり酒・酢などの醸造を司る役所の官吏であるが、今度の旅の目的はそれとは関係なく、その頃、越中国守として活躍していた大伴家持を訪ね、橘家の重要な用件を伝えることにあった。

この用件の内容についてては諸説あるが、当時、歌人として高く評価されていた福麻呂を使者としていること、また橘諸兄が『万葉集』の編纂にも深く関わっていたことなどから見て、万葉歌の収集、編纂などについての、家持への指示、あるいは提言ではなかったか、と考えられる。

また、福麻呂がその使者の役を引き受けたのには、越中国府へ赴任した家持が愛弟・書持《ふみもち》の急死に遭遇し、病床にもついて呻吟していたことなどに対する、友人としての慰労、励ましの意図などもあったに違いない。

こうして福麻呂は、都から十数日をかけて越中国府の館に着いたようだが、家持が大いに喜んで彼を迎え、誠意を尽くして歓待したのは言うまでもない。

ともに時の権力者・橘諸兄の信任を得ていた二人であったからして、まるで兄弟のようにうちとけ、その間の都での大きな話題、たとえば、その頃、東大寺域で行なわれていた、聖武天皇発願の大仏鋳造の進捗状況や、ゆかりのある都人の消息などについて、懐旧談の花を咲かせたことであろう。

そうした中で、橘家の用件を伝えた福麻呂は、改めて家持の労苦をねぎらい、友情を深めながら、互いに「新しき歌を作り、古き歌を誦《よ》みて、各々《おのおの》心緒を述べたり」したのである。

そうして家持は、感謝の意味をこめて、福麻呂を越中屈指の名勝地・布勢《ふせ》の水海（富山県氷見市の湖水）への遊覧に招待している。

布勢の水海は、都から親しい客人が訪ねてくれば、家持が必ずと言っていいほど、遊覧に招いた越中の有名な景勝の地であった。

そのとき家持は、福麻呂を案内して遊覧に行く途中、馬上において、つぎのような歌（巻十八―四〇四四、四〇四五）を詠んだという。

浜辺よりわがうち行かば海辺より迎へも来ぬか海人《あま》の釣舟
（浜辺づたいにわれわれが行ったなら、海の方から迎えに来てほしいものだ。海人の釣り舟よ。）

沖辺《おきへ》より満《み》ち来る潮のいやましに我が思ふ君が御舟かも彼《かれ》

（沖辺より満ちて来る潮のように、ますます慕わしく、私が思う貴方の、お迎えの舟でしょうか、あれは。）

都からの、とくに親しい使者を迎えて、晴れやかな気分にひたっている家持の詩情が伝わるような歌だが、福麻呂の方は、遊覧の誘いをうけたとき、つぎのような歌（巻十八―四〇三六）を詠んでいる。

如何《いか》にある布勢の浦そもここだくに君が見せむとわれを留《とど》むる

（いったい、どれほど美しい布勢の浦だろうか。これほどまでに貴方が見せようと私を引き留めるとは。）

そうして福麻呂は、今度は景勝ゆたかな布勢の水海を目のあたりにして、深く感じるところがあったのであろう、つぎのような歌（巻十八―四〇四六）を詠んだ。

神《かむ》さぶる垂姫《たるひめ》の崎漕ぎ巡り見れども飽かずいかに我せむ

（神々しい垂姫の崎は、漕ぎ回って見ていても、少しも飽きない。どうすればいいだろうか。）

名勝の景色に堪能したのであろう、福麻呂の遊覧の喜びがあふれるような歌だが、彼はこの越中の旅で十三首の歌を詠み、己れの歌集所出の歌三十一首と合わせて、歌数第八位の万葉歌人となったのである。

こうして福麻呂は橘家の重要な用件を伝え、家持から橘諸兄への伝言を得て、忘れ得ぬ思い出と尽きない友情を胸に、越中の地に別れを告げたのである。

三　「みちのくに黄金の花咲く」

田辺福麻呂との邂逅《かいこう》が、遠く都から離れていた家持にとって大きな励ましとなり、歌作の意欲をいっそう高めたのは言うまでもない。

その翌年、すなわち天平二十一（七四九）年二月二十二日のことであった。当時、陸奥国守であった百済王敬福《くだらのこにきしきょうふく》から、小田郡の山中で発見された黄金九百両が聖武朝に献上されるという大慶事があった。

折しも、東大寺大仏の塗金用の黄金が不足して困窮していた聖武天皇は、その思いがけない吉報に深く感動し、直ちに畿内・七道の諸社に幣帛《へいはく》（神に奉献する物品）を奉納している。

そして四月一日、天皇は皇后・皇太子を伴って東大寺に行幸し、文武百官と庶民が居並ぶ中で大仏に礼拝し、宣明《せんみょう》「陸奥国出金詔書」を読み上げさせたのである。

その詔書は、まず黄金出土の喜びを述べ、神仏のすぐれたしるしを畏《かしこ》み、皇祖の恵みに感謝し、諸王や各氏族の奉仕、とくに大伴・佐伯氏を名指して讃えるという異例の内容であった。

そして聖武朝は、多くの臣下に昇叙《しょうじょ》（官位昇進）を行なったが、なかでも黄金献上の百済王敬福には七階級特進の従三位、宮内卿を授けたばかりでなく、新たに彼を河内国守に抜擢したのである。

この敬福は百済・義慈王の王子・禅広の曾孫であるが、ここで少し付言すれば、東大寺大仏造立の長官も、ほかならぬ百済渡来の国骨富《くにこつふ》の孫である国中公麻呂《くになかのきみまろ》であった。

また東大寺建立の大勧進であった行基大僧正は、百済王子王爾の後裔であるから、朝鮮渡来系氏族の尽力がなければ、おそらく今日の東大寺大仏は存在しなかったであろう。

それはともあれ、前述の聖武朝による昇叙は、越中国の官吏にまで及び、家持は従五位下から従五位上に昇進したが、その通知と聖武帝の宣明の内容が越中国府に伝えられたのは、年号が「天平感宝」と改元された直後のことであった。

昇叙の方はともかく、宣明の中で大伴氏が讃えられていることに深く感動した家持は、有名な「陸奥国に金《くがね》を出す詔書を賀《ほ》く歌」（巻十八—四〇九四～四〇九七）を約十日間かけて完成している。

家持はその長歌の冒頭、「葦原《あしはら》の瑞穂《みづほ》の国を天降り領《し》らしめしける皇御祖《すめろき》の……」と、高らかに天皇の御代《みよ》を讃え、陸奥の小田山から黄金《くがね》が出土したことを喜び、つぎのように「言立《ことた》て」（誓い。言明）したのである。

……大伴の遠つ神祖《かむおや》の　その名をば　大来目主《おほくめぬし》と負《お》ひ持ちて　仕へし官《つかさ》　海行かば水浸《みづ》く　屍《かばね》
山行かば　草生《くさむ》す屍　大君《おほきみ》の辺《へ》に　こそ死なめ　顧《かへり》みはせじと言立て……。

（大伴氏の遠い祖先が、その名を大来目主と呼ばれてお仕えした役目は、「海に征けば水に浸かる屍、山で戦えば草の生える屍となっても、大君のお側で死のう、わが身を振り向くことはすまい」と誓いを立て……）

この長歌は百七句からなり、家持が残した長歌四十六首のうち、もっとも長い作品であるが、その「言立て」が近代日本の帝国主義者によって悪用され、「海行かば」の勇ましい軍歌となったことは周知のとおりだ。

ともあれ、家持はこのように聖武帝の詔書の尊さをうたい上げ、つぎのような反歌を詠んでいる。

すめろきの御代栄《さか》えむと東《あづま》なる陸奥《みちのく》山に黄金《くがね》花咲く
（天皇の御代が栄えるだろうとて、東国の陸奥の山に黄金の花が咲くことよ。）

こうして家持は、越中国守の任務遂行にいっそう情熱を燃やし、部下たちに対しても、より忠勤を励むよう督励したのである。

四　民政と歌づくりの日々

家持は管内の民政を推進するのに際して、さまざまな努力を重ねているが、それには、幼年時代にかいま見た、筑前国守・山上憶良の施策も生かされている。

そうした民政の中で興味をひくのは、越中国に予期せぬ干ばつが起こり、農民が困窮したため、家持が雨乞いの儀式を営んだことである。

それは家持が長歌「陸奥国に金を出だす詔書を賀く歌」を完成してまもなくのことであったが、雨乞いは国守の務めであるため、彼は事前に雨乞いの歌（巻十八―四一二二、四一二三）をつくり、儀式で捧げた。

その長歌の終節には、「天の白雲　海神《わたつみ》の　沖つ宮辺に　立ち渡り　との曇り合ひて　雨も賜《たま》はね」とあり、切実に雨を待ち望む心情がこめられている。

それから三日後のことだ。なんと奇しくも空がかき曇り、待望の慈雨が降りだしたのである。家持と農民の喜びはいかばかりであったろうか。

家持はさっそく、「雨の落《ふ》るを賀《ほ》く歌」（巻十八―四一二四）を詠んでいる。

わが欲《ほ》りし雨は降り来ぬかくしあらば言挙《ことあげ》せずとも年は栄えむ
（私が祈願した雨が降ってきた。こうであるなら言葉に出して言わなくても、稲は豊かに実るであろう。）

このように家持は、国守としての責務を忠実に果たしていったが、その翌月、つまり天平感宝元（七四九）年七月、中央政界では大きな変動があった。

それは病身だった聖武帝が譲位し、皇女の孝謙天皇が即位して、年号が天平勝宝と改元されたのち、藤原仲麻呂が大納言となって再び藤原氏の勢力が大きく進出したのである。

家持にすれば、左大臣・橘諸兄の権座さえゆるがなければ、とり立てて気にすることはないのだが、これがのちに起こる政変の前ぶれであったことは、むろん知るよしもなかった。

この年の秋、家持は政務のために上京し、久しぶりにわが家に帰って留守番役の妻・坂上大嬢《さかのうえおおいらつめ》をねぎらい、所用を終えたあと、橘諸兄にも会っている。その席で両人は、中央の政情と今後の見通し、また万葉歌の収集と編纂の進捗状況などについて意見を交わしたと考えられる。そして家持は、越中国府へ帰任するに際して、今度は義母にあたる坂上郎女を説き伏せ、妻を伴って旅路についたのであった。

天平勝宝二(七五〇)年、家持は越中で妻とともに迎えた初めての春、国守館の庭に咲く美しい桃の花を見て、つぎのようにうたった(巻十九—四一三九)。

春の苑《その》紅《くれなゐ》にほふ桃の花下照《したで》る道に出で立つ娘子《をとめ》
(春の苑に紅が照り映えている。桃の花の輝く下の道に立ち現れた娘子よ。)

こよなく妻を愛する家持の詩情には、色鮮やかに樹下美人図が浮かび上がっていたのであろう。こうして彼は、民政をとりしきるかたわら、妻とむつまじい生活を送りながら、つぎつぎに秀れた作品を生み出していったのである。

天平勝宝三(七五一)年、家持は越中国守となって五度目の新年を迎えたが、この冬は例年にない大雪が降って、人々を驚かせた。

しかし家持は慣例にしたがって、正月二日、当地の国司や郡司たちを招き、新年の祝賀宴を開いた。そして、その席で自らの思いをこめたつぎのような賀歌（巻十九―四二二九）を披露している。

新しき年の初めは弥年《いやとし》に雪踏み平《なら》し常《つね》かくにもが

（新年の初めは、年ごとに雪を踏み平にして、いつもこのように宴を開きたいものである。）

越中の風土と人心に慣れ親しんだ、いかにも家持らしい歌であったが、中央政界の動きの方は思わぬ方向に展開しはじめていた。

というのは、同年七月、家持は国政を総括する太政官の三等官に位する少納言に任じられたため、思い出深い越中の地に別れを告げ、都へ戻らなければならなくなったのである。

家持は親友・内蔵縄麻呂《うちくらのなわまろ》の送別の宴で、つぎのようにうたった（巻十九―四二五〇）。

しなざかる越《こし》に五年《いつとせ》住み住みて立ち別れまく惜しき夕《よひ》かも

（幾重もの山をへだてた越の国に五年も住みつづけて、立ち別れてゆくのが惜しい今宵よ。）

こうして家持は、大勢の人びとに見送られながら、生涯忘れ得ぬ越中の地に別れを告げたのである。

第十四章　天平万葉の時代（下）

一　東大寺大仏の開眼供養

天平勝宝三（七五一）年八月半ばのことであった。

五年間におよぶ越中国守の政務を成功裏に終えた大伴家持は、新たに少納言に遷任され、「青丹《あおに》よし」とうたわれた懐かしい奈良の都へと帰京した。

その頃、平城京では聖武天皇の発願による東大寺の盧舎那《るしゃな》大仏の鋳造工事がほぼ終わり、懸案の塗金作業と大仏殿の造営工事が開始されていた。

二年前、陸奥国で大仏塗金用の黄金が発見され、陸奥国守・百済王敬福《くだらのこにきしきょうふく》が朝廷に献上したとき、それを慶賀する長歌を高らかにうたいあげた家持であったからして、帰京後の彼がその工事現場を目のあたりにしたであろうことは、想像に難くない。

しかし、新たな抱負を抱いて都へ帰ったはずの家持は、中央政界の動向を見つめながら、しだいに沈黙を守るようになっていった。歌もほとんど詠んでいない。何故だろうか。

それについては諸説あるが、若き女帝・孝謙天皇を籠絡して強大な権力を掌中にした大納言・

藤原仲麻呂と、彼ら一族の権勢によって孤立化した左大臣・橘諸兄《たちばなのもろえ》派の状況に起因するという説が有力である。

家持にとって、橘諸兄は唯一の強力な後ろ盾であった。その後ろ盾が期待に反して斜陽化している現実を直視して、家持はかつて、父・大伴旅人がやはり藤原氏から敵視され、遠く大宰府へ左遷された不幸な過去を思い出したに違いない。

こうして家持が沈黙を守り、政情を静観する状況の中で、奈良の都はじつに九年の長い歳月をかけて造立した大仏開眼《かいげん》供養の年、すなわち天平勝宝四（七五二）年の正月を迎えた。

孝謙朝は正月三日、全国でいっさいの殺生を禁じる命令を下し、病中の聖武上皇の回復を祈祷するため、僧侶と尼僧一千人を出家させるなどして、大仏開眼供養の準備を急いだが、それらを統括したのは、むろん藤原仲麻呂であった。そうしたさなか、大宰府から朝廷に「新羅王子・金泰廉が七百余人の部下を七艘の使節船に分乗させ、那津（博多）に入港した」という報告が届いた。三月中旬のことである。

そこで朝廷は、使者を大内（天武・持統陵）、山科（天智陵）、恵我（応神陵）などの天皇陵に派遣して、新羅王子来朝の旨を報告させた。そして新羅使節一行は、いったん那津で待機させる措置をとっている。

この時期、新羅王朝が王子を訪日させたのは、従前のように善隣友好の発展を期したものであるが、彼ら一行はむろん日本側の大仏開眼供養について知っていたに違いない。

（注：『三国史記』新羅本紀には、金泰廉王子の訪日記事は見当たらない。しかし翌年八月には「日本国の使

者が来たが、傲慢無礼であったので追い帰した」とある。）

こうして、ついに四月九日、絢爛《けんらん》華麗に飾り立てられた東大寺大仏殿とその境内において、まさに歴史的な大仏開眼供養の儀式が盛大に挙行されたのである。

この法会には、聖武上皇をはじめ光明皇太后と孝謙天皇が参席し、礼服着用の文武百官と諸王・諸臣ら、また内外から招請された僧侶たち一万余人が参列していた。

そうした満場粛然たる雰囲気のなかで、先導役の秦首麻呂《はたのおびとまろ》と犬養古麻呂《いぬかいのこまろ》に従って名刹の高僧たちが入場し、つづいて開眼の導師・菩提僊那《ぼだいせんな》僧正と講師・隆尊律師、そして読師・延福律師がそれぞれ輿《こし》に乗って入場した。

そして彼らの入場が終わると、うやうやしく盧舎那大仏の前に進み出た菩提僧正が開眼用の大きな筆をとり上げ、厳粛な式典の幕が上げられた。

その筆には「開眼縷《かいげんる》」という絹製の長い綱（約二〇〇メートル）がついていて、まずそれを聖武・光明・孝謙らの皇族が握り、つぎに大勢の参列者たちもそれを握りしめる中で、開眼導師が筆を持ち上げると、いよいよ光り輝く大仏の眼睛《ひとみ》が点じられたのであった。

儀式はひきつづき、講師と読師が高座に上がって華厳経を読み上げ、四大寺（大安寺・薬師寺・元興寺・興福寺）からの珍貴な献上品が披露されたあと、聖武上皇の言葉が代読されて、大仏開眼の法会は予定どおり終了したのである。

その後、中央の舞台では、華やかな歌舞がくりひろげられた。それはまず古来の舞楽、つまり雅楽寮の歌舞から始まって、久米舞、楯伏舞《たてぶせ》、踏歌《とうか》などが演じられ、つづいて由緒深い高麗舞と唐・インドの歌舞などが華やかに披露されている。

こうしてその日の夕方、盛大にして華麗な開眼供養の儀式は幕を下ろしたが、それは『続日本紀』が、「仏法東帰してより、斎会《さいえ》の儀、未だかつて此《かく》の如く盛《さかん》なるはあらず」と絶賛したように、まさに特筆すべき大祭典であったのである。

しかし、きわめて惜しまれることは、この歴史的な開眼供養の席に、大仏造立の最大の功労者とも言うべき行基《ぎょうき》大僧正の英姿が見えなかったことだ。

それは周知のごとく、奈良時代の民衆から「行基菩薩さま」と敬慕され、後世に語りつがれる数々の業績を残した行基法師は、天平二十一（七四九）年二月、齢《よわい》八十二歳にして黄泉の国に旅立っていたからである。

しかし、百済渡来氏族の子孫であった行基大僧正は、大仏造立と東大寺建立の大事業が故国・朝鮮渡来系の大仏師・国中公麻呂《くになかのきみまろ》をはじめとして、同じく渡来系の各分野の工匠たちによって推進され、完成した事実を誰よりも熟知していたのであるから、彼は天上から莞爾《かんじ》として祭典を見守っていたであろう。

さて、前記の新羅王子の使節団であるが、彼らは六月半ばに入京し、孝謙天皇と会見して、新羅国王が善隣友好関係のさらなる発展を望んでいる旨を伝えたのち、朝堂において饗応をうけている。そして「大安寺と東大寺に赴いて仏を礼拝した」（『続日本紀』）というから、彼らは造立まもない大仏を拝観した最初の外国使節団となったであろう。

また同年九月には、渤海国の慕施蒙《モシモン》使節団七十五名が佐渡島に漂着したのち、翌年五月末になって平城京に入り、渤海国王がよりいっそうの対日親善友好を希求している旨を伝えた。そして記録にはないが、彼ら一行も新羅使節団と同じように、東大寺に招かれて大仏殿に安置された盧舎那仏を拝観したであろう。

ともあれ、こうして「奈良の大仏さま」は今日に至るも、その不滅の歴史を参観に訪れた世界の人びとに語りつづけているのである。

二　万葉史上の大きな謎

では視点を変えて、『万葉集』形成史の上から、この大仏開眼供養の盛儀を見てみよう。まず何よりも不思議と言うか、大きな謎とされているのは、何故か『万葉集』には、この歴史的な大仏開眼の盛儀を詠んだ歌が一首も見当たらないという奇妙な事実である。これはいったいどうしたわけだろうか。

あの、陸奥国から大仏塗金用の黄金が発見され、朝廷に献上されたとき、その慶事を言祝《ことほ》ぐ長歌を高らかに詠んだはずの大伴家持にしても、何故かこのたびは一首の歌も、一篇の詩文も書き残していないのである。

そこで、この問題点を考えてみると、それはまず当時の万葉の歌人たちが実際に、誰一人として大仏開眼供養を言祝ぐ歌を詠まなかったのか。あるいは、その盛儀を詠んだ歌があったにもかかわらず、『万葉集』の編纂に関わった歌人の中の誰かが、意識的にそれを収録しなかったのか、の二通りの場合が考えられる。

しかし、いずれにせよ、その根底にはやはり、大仏開眼の儀式を実質的に取り仕切った権力者・藤原仲麻呂の絶大な権勢と腐敗ぶりに対する強い拒絶感、嫌悪感がうずまいていたのであろう。たとえば、仲麻呂は粛然とした開眼供養の儀式が終了したその日の夜、外聞もはばからず孝謙女帝を己れの豪邸・田村第に招き、自邸を天皇の御在所としているのである。

そのような仲麻呂と孝謙女帝の行状が、多くの重臣や官吏、そして広範な民衆のひんしゅくを買ったのは言うまでもない。

こうした状況の中で、早くも一年の歳月が過ぎ去り、奈良の都は再び草木が芽吹く季節を迎えた。天平勝宝五（七五三）の春のことである。

その頃、家持は久しぶりに左大臣・橘諸兄邸の宴席に招かれ、心のこもった饗応をうけながらつぎのような歌（巻十九—四二八九）を詠んだ。

青柳の上枝《ほつえ》よぢ取り縵《かづら》くは君が屋戸《やど》にし千年寿《ちとせほ》くとそ
（青柳の枝先を折り取って縵にするのは、わが君の家に千年の栄えを祝福してのことなのだ。）

ことのほか楽しい宴席であったようである。家持はその庭園の、強い生命力を持つと言われる青柳の枝を折り取って、それを縵（草花や青柳の枝で作った髪飾り）にして頭の上にのせたようだ。

そしてそれは敬愛する橘諸兄家の千年の繁栄を祝福しているからだ、とうたい上げたわけである。

家持は縵を飾ることを好んだらしく、越中国守時代にも、つぎのような花縵の歌（巻十九―四一五三）を詠んでいる。

漢人《からひと》も筏《いかだ》を浮べて遊ぶとふ今日そ我が背子《せこ》花縵《はなかづら》せよ

（韓の国の人も舟筏を浮かべて遊ぶという今日こそ、わが友人たちよ、花縵を飾りなさい。）

この歌の「筏」については諸説があり、これを舟、舟筏などと見る説もあるが、興味をひくのは、それを古代朝鮮の貴族たちが楽しんだ「曲水の宴」、つまり庭園の曲水に杯を浮かべ、それに酒をついで流し、詩歌を詠むという遊びの、その杯だと解釈する説もあることだ。むろん家持は、そうした朝鮮王朝の宮廷遊宴をよく知る歌人であったからして、私もその「曲水の宴」で浮かべられた杯のことだと考える。

こうして家持は、以前のように歌を詠みはじめているが、同じ頃、彼はつぎのような名歌（巻十九―四二九一、四二九二）を詠んでいる。

わが屋戸《やど》のいささ群竹《むらたけ》吹く風の音のかそけきこの夕《ゆふべ》かも

（わが家の庭に生えている、わずかな群竹を吹きぬけていく、風の音のかすかな、この夕暮れよ。）

うらうらに照れる春日《はるひ》に雲雀《ひばり》上がり情《こころ》悲しも独《ひと》りし思へば
（うららかに照る春の日に、雲雀が舞い上がっても、心は悲しいことよ、ひとりで物思いに沈むと。）

何の説明もいらない、家持らしい感性がとらえた孤愁の心象風景である。たぶん教科書あたりで鑑賞した人も多いであろうが、この名歌は大仏開眼供養以後の家持の心情を象徴的に表していると言えるであろう。

三　東国民衆の「東歌」

『万葉集』全二十巻には約四千五百首の歌が収められているが、その約半数、二千余首は無名歌（作者未詳の歌）である。

それについて、万葉学者の中西進氏はいみじくも、「無名歌を残したような人々が『万葉集』の根幹を構成する人々である」（『万葉集』講談社版）と述べている。

むろん彼らの歌は、皇族や貴族、宮廷歌人や文武百官、詩文家らの記名歌にくらべれば、作品の技巧や出来栄えにおいて見劣りはするであろうが、その人間的な純粋性と集団性は人々を感動させずにはおかない。

それをもっとも典型的に表しているのが「東歌《あずまうた》」であるが、これは東国農民の貧しい生活と労働の中で、あるいは祭事などでうたわれた集団歌である。

その東歌二百三十余首は、『万葉集』巻十四に収められているが、国別に見ると、それは遠江・駿河・伊豆・相模・武蔵・上総・下総・常陸などの東海道の国々、そして信濃・上野・下野・陸奥などの東山道の国々の農民歌である。

このように国名の分かる歌は「勘国歌《かんこくか》」、不明なのは「未勘国歌」と言うが、歌数の上では後者の作品の方が多い。そこで、幾首かの秀歌を選んでみるが、つぎの歌（三四五九）は、覚えている人も多いであろう。

稲搗《いねつ》けばかかる吾が手を今宵もか殿《との》の若子《わくご》が取りてなげかむ

（稲をつくので、あかぎれで荒れた私の手を今夜も、お屋敷の若様がお取りなって嘆くでしょうか。）

古代、稲をつくのは女性たちの夜なべ仕事であったが、その苦しい作業から生まれた歌と見られる。したがって実際にあったことというよりは、貧しい稲つき女たちの淡い夢、願望がうたいこめられたのであろう。つぎの歌（三三九九）も、たいへん印象深く、読む者の胸を打つ。

信濃道は今の墾道《はりみち》刈株《かりばね》に足踏ましなむ履《くつ》はけ吾が背

（信濃道は切り開いたばかりの道です。切り株を足で踏まないで、くつをはいてください。わが夫よ。）

そのころの民百姓は、くつなど持たず、裸足で歩いていた。だから道を切り開く労役に駆り出されていた夫を気遣う妻の思いが歌になったのであろうが、切り株が残っていたのは、民衆のお上に対する願望的反抗と見る説もある。

つぎの「韓衣《からころも》」をうたった「或る本の歌」（三四八二）も、たいへん微笑ましい願望である。

韓衣裾《すそ》のうち交《か》ひ逢はなへば寝なへの故《から》に言痛《ことた》かりつも

（韓衣の裾が重なり合わないように、この頃は逢わないので寝てもいないのに、人の噂はひどいものです。）

貧しい農民の娘であろうから、貴族や金持ちの女性が着るような韓衣など、持っているはずはない。しかし恋人に逢えない切なさを、韓衣への憧れと願望に託して、比喩的にうたったのであろう。つぎは武蔵国の歌（三三七三）。

多摩川にさらす調布《てづくり》さらさらに何ぞこの子のここだ愛《かな》しき

（多摩川にさらす手作りの布ではないが、さらにさらに、どうしてこの子がこんなに可愛いのだろうか。）

このように「東歌」は、東国民衆の純朴な心情をうたった集団歌として、万葉史の中でひときわ光り輝いているが、見落としてならないのは、この東国地方には朝鮮渡来の移住民集団が定住し、その地域の先進的な開拓者として、創造的な生活文化を築いた歴史が刻まれているという史実である。

それは、同じく東国民衆の「防人の歌」にも表れているが、その集団歌誕生の経緯をつぎに見ることにしよう。

四　家持と「防人の歌」

天平勝宝六（七五四）年四月のことであった。家持は新たに兵部少輔《ひょうぶのしょうふ》という、武官・兵士の人事を担当する次官役に任命された。

当時の兵部卿（長官）は、橘諸兄の嫡子・奈良麻呂であったから、この人事には翌春予定の防人《さきもり》の交替に合わせて、彼らの素朴な歌を収集したいという橘家の意図が働いていたと考えられる。

ところが家持は、その年の十一月、今度は朝廷から山陰道巡察使の任に就くことを命じられた。これは地方行政の視察と農民の生活実情を調査する役目だが、すでに兵部少輔に任じられていたのだから、奇妙な重複人事と言えなくもない。

そうして家持は、天平勝宝七（七五五）年二月、新しく筑紫へ派遣される東国の防人たちを迎えるべく、難波へと出向している。

言うまでもなく、防人とは「崎守《さきもり》」、つまり国の辺境を守る兵士のことで、大化二（六四六）年の詔書の中で設けられた制度であるが、実際にこの防人が配備されたのは「白村江の戦い」で倭国軍が敗退したのち、新羅・唐軍の侵攻を恐れて、対馬・壱岐・筑紫などに置かれた防衛部隊のことである。

以来、主に東国地域で徴発された防人たちは、総勢約三千人、任期三年で交替しているが、そのとき国ごとに部領使が防人たちの詠んだ歌を集め、兵部少輔に進上するのが慣例となっていた。

こうして難波へ出向した新任の兵部少輔・家持は、まず遠江《とおとうみ》国の部領使・坂本人上《さかもとのひとかみ》が進上した防人の歌十八首を、つづいて相模国守・藤原宿奈麻呂《すくなまろ》が進上した防人の歌八首をうけとり、その中から秀れた歌を選び出す作業を始めたのである。このとき家持は、遠江と相模の防人の歌、計二十六首の中から感銘する歌十首を選んだが、それらはすべて父母や妻との別れ、故郷との別離を悲しむ防人の歌であったという。

つづいて家持は、駿河・上総・常陸・下野・下総・信濃・上野・武蔵の防人歌、合計百六十六首をうけとり、その中から拙劣な歌を除いて八十四首を選び出したが、それらはすべて『万葉集』巻二十に収録されている。

では、その中から幾首か選んでみるが、まず駿河の防人・商長首麻呂の歌（四三四四）。つぎが先に引用した信濃の他田舎人大島の歌（四四〇一）である。

忘らむと野行き山行き我《われ》来れどわが父母は忘れせのかも
（忘れようとしながら、野山を越えてやってきたが、やはり両親のことは忘れられないものだ。）

韓《から》衣裾《ころもすそ》に取りつき泣く子らを置きてそ来《き》のや母《おも》なしにして

（韓衣の裾に取りすがって泣く子を、そのまま置いてきてしまった。母親もいないのに。）

当然のことながら、防人たちの歌は父母や妻子、あるいは恋人との別れを悲しんだ歌が圧倒的に多い。

（注：「韓衣」の原文は「可良己呂武《からころむ》」で、「コロムはコロモの訛り」と注釈されているが、これは옷고름「オッコロム」（チョゴリなどの結びのひも）の 고름「コロム」からきているだろう。）

つぎは、下野の今奉部与曾布《いままつりべのよそふ》の歌（四三七三）だが、この勇ましい歌は、防人の長が部下たちに対して、決意を促すために詠んだものと考えられている。

今日よりは顧《かへり》みなくて大君《おほきみ》の醜《しこ》の御楯《みたて》と出で立つわれは

（今日からはすべてをかえりみず、天皇の醜い御楯として出で立つのだ、われは。）

かつて、この歌が「海行かば」と同じく、帝国日本の侵略勢力に悪用されたことは記憶に新しい。その意味で、小野寛氏のつぎのような指摘は傾聴に価する。

「この歌が防人歌の代表として高く評価され、まるで万葉集の最高傑作であるかのごとく称揚された一時代があった。太平洋戦争のさ中、軍国主義一色に彩られた時代である。」（『憂愁の歌人大伴家持』）。

泉下の家持も、自身の長歌と、自身が選んだ防人の歌が、後世の侵略勢力に悪用されたことに対して、大きな怒りを禁じ得ないでいるであろう。

五　『万葉集』の終焉

天平宝字二（七五八）年六月、家持は新たに因幡《いなば》国守に任ぜられた。いまの鳥取県東部に当たる地域である。

すでに指摘されているように、この人事は明らかに、藤原仲麻呂派の策謀による左遷であったが、家持はそれと知りつつも、この指示に従わざるを得なかった。

そうして家持は、親友・大原今城《おおはらのいまき》の送別の宴に招かれたが、この席に参加した人々が誰々であったのか、その記録はない。ただ家持の、つぎの歌（巻二十―四五一五）一首が残されているだけである。

秋風の末《すえ》吹きなびく萩の花ともにかざさず相か別れむ
（秋風が葉末に吹いてなびく萩の花を、ともに髪にさす機会もなく、いまお互いに別れるのだろうか。）

いかにもわびしい都落ちであるが、このようにして家持は、因幡国府（鳥取県岩美郡国府町）に赴任した。しかし、なぜか越中国守に着任したときのような歓迎宴も、宴席歌も、何ひとつ記録に残されていない。

こうして家持は翌年、すなわち天平宝字三（七五九）年の元旦を迎え、国府の館に国司や郡司たちを招いて新年の祝賀宴を開いた。そして家持は、有名なつぎのような賀歌（巻二十―四五一六）を詠んだのである。


新しき年の始めの初春の今日《けふ》降る雪のいや重《し》け吉事《よごと》

（新しい年のはじめの、初春の今日降りしきる雪のように、いっそう積み重なれ、吉き事よ。）


これが『万葉集』全二十巻を飾った最終歌である。この一首をもって家持は、自身が編纂した『万葉集』の終焉を告げたわけであるが、時に家持は四十二歳であった。

その後、彼は信部大輔に選任され、四年ぶりに帰京したが、またもや藤原氏の陰謀にかかって逮捕され、無罪放免となったものの、今度は薩摩国守に左遷されるなど、受難の道を歩みつづけている。

こうして、さらに陸奥按察使鎮守府将軍の職に就いた家持は、やがて陸奥多賀城（宮城県仙台市東部）において、まさに波乱にみちた生涯を終えたようである。享年六十八であった。

以上、六世紀中頃から八世紀半ばに至る『万葉集』形成の長い歴史をふり返ってみたが、その変遷史と古代朝鮮との深い関わりは、想像以上に濃密かつ多彩であったと言えるであろう。

それはまさしく、万葉の代表的歌人たちの多難な生涯、そして数多くの名歌・秀歌群に象徴されているように、その希有の歴史と文学の中に刻まれた朝鮮像は、今後も末長く語りつがれていくであろう。

補遺　『万葉集』を世界文化遺産に

昨秋（二〇一四年）のことである。

日本各地の美術館・博物館・資料館などでは、例年のごとく多彩な展覧会や展示会を開催し、人びとの関心を集めていた。

そうした中で私がとくに注目したのは、古都・奈良の県立美術館による展覧会と、千葉県佐倉市の国立歴史民俗博物館による展示会であった。

なぜかと言えば、それはこの両館が期せずして、古代朝鮮と日本の文化交流史に関わる重要な神話や伝承、史実などを大きく取り上げていたからである。

したがってそれは、私にとってはいわば必見の催事であったが、残念ながら病中の身であるためにかなわず、主催者側の図録や資料などを取りよせての〝紙上参観〟となってしまった。

しかし、それらの資料を丹念に読んでみると、新たな知見や傾聴すべき史論も数多く、学び得たものは多大であったと言えるであろう。

そこでまず奈良の方から見ていくと、この県立美術館がたびたび出した展覧会のユニークな新聞広告を思い出す人も多いに違いない。

その広告は古都・奈良を象徴するキャッチフレーズ「なら記紀・万葉」のもとに、「語り継ぐココロとコトバ　大古事記展」と大書していたが、これはやはり『古事記』と『日本書紀』、そして『万葉集』が三位一体のものとして、奈良が世界に誇る文化遺産であることを強調したものと言えよう。

そして、「今から1300年余り前、奈良の都で完成した『古事記』。ここには、国の成り立ちから始まる多くの神話やさまざまな出来事などが美しい文章と歌謡で記されています。……」という解説文も、きわめて簡明であった。

したがって展示物もバラエティに富んでいて、『古事記』を題材にして描いた絵画、古社寺に伝えられた宝物、多彩な考古・文献資料などが興味深く紹介されている。

そうした数多い展示物の中には、私が本書（第一章）でも取り上げた石上神宮の有名な国宝、つまり百済王が倭王に下賜したという「七支刀」が安置され、見学者たちの古代ロマンの夢をいっそう高く羽ばたかせたようである。

とすれば、いまや泉下の客となった『古事記』完成の功労者・稗田阿礼と太安万侶も、わが意を得たりとばかり、さぞや悦に入っていることであろう。

あえて言うまでもなく、『古事記』の応神紀には、百済王が王仁博士を倭国へ遣わし、「論語十巻と千字文一巻」を伝授させたという、きわめて重要な記事があることも忘れてはなるまい。

これはそのまま、倭国における文字文化の始源を物語るものであるが、まさに期せずして古代朝鮮と日本の文字文化交流の歴史を全面的に取り上げて解明したのは、つぎの佐倉市の国立歴史民俗博物館（歴博）による国際企画展示「文字がつなぐ――古代の日本列島と朝鮮半島――」であったのである。

そこでまず留意すべきは、この画期的な展示会が歴博と、韓国を代表する国立の三研究機関、すなわちソウルの中央博物館・文化財研究所・海洋文化財研究所などとの共催であったことだ。そしてつぎに、今回の展示会には、その歴博と韓国の三研究機関による、約一〇年に及ぶ共同研究の貴重な成果が集大成されていたことである。

こうして歴博刊行の図録は、「プロローグ　文字が来た―中国から朝鮮半島、そして日本列島へ」の冒頭でこう述べている。

「朝鮮半島と日本列島は、ともに中国の漢字文化を受容して古代文化を形成してきた。とりわけ七世紀以前の日本の漢字文化は主に古代朝鮮を経由してもたらされたものである。これまで考えられていた以上に古代日本の文字文化形成は朝鮮半島と密接な関係を持っていたことが近年、明らかとなっている。」

確かに、そのような韓日双方の研究者たちによる、たゆみない発掘・調査・研究活動が今回のような意義深い展示会を実現させたのであろう。

まさに敬意に価する国際共同研究であるが、韓国側の金英娜《キムヨンナ》中央博物館館長は、それについて具体的にこう述べている。

「今回の展示会では、石碑、木簡、紙など多様な素材の古代文字資料を通して、韓・日の古代における地方統治や経済、思想、宗教など、社会のさまざまな分野で用いられてきた文字の実態について、より一歩踏み込んで理解を深めていくことができた……。」
そして韓国においては、二〇一一年には「文字　その後、韓国古代文字展」を開催し、その成果を披露することができたというのである。

在日コリアンの身である私は、寡聞にしてそうした研究動向を知る由もなく過ごしてきたが、日本の歴博と韓国の三研究機関による共同研究の成果について、それを初めて総合的に知り得たのは二〇一四年の春になってからのことであった。

それ以前の私は、歴博が二〇〇〇年四月に編纂した『古代日本の文字世界』（大修館書店刊）によって、日本側独自の研究、すなわち「日本人と文字との出会い」の諸論文とシンポジウム「古代日本の文字世界」の内容などは知っていた。

そして、この頃から歴博ではすでに古代朝鮮の文字文化を取り上げ、和歌を墨書した「木簡から万葉集へ」という論議を進めていたことなども知ったのであった。

こうして韓国の研究機関との共同研究が始まり、二〇一二年十二月、歴博国際シンポジウム「古代日本と古代朝鮮の文字文化交流」が開催され、その報告集（大修館書店刊）が出版されたわけである。

その報告集で私が初めて知ったのは、近年、日本側の「考古学の発掘調査によって全国各地の遺跡から膨大な数の木簡・漆紙文書・墨書土器などの古代文字資料が出土している」ということ、そして韓国側でも同じような木簡資料が「現在まで七〇〇点以上が確認されている」という事実であった。

もう一つ、日本側の出土品には見落せない事例がある。それは「和歌を書いた木簡」約二〇点のうち、その半数以上を占めたのは、百済の王仁博士が詠んだという「難波津の歌」であったという事実だ。

私が本書（第三章）で論述した王仁博士の有名な歌――。「難波津に咲くや木《こ》の花冬こもり今は春べと咲くや木の花」は、もはや周知のごとく、紀貫之の『古今和歌集』仮名序に取り上げられ、当代の人びとに「歌の父母」として愛誦されていたのである。

このように古代朝鮮と日本の「木簡文化」は、他に類例を見ない濃密な文字文化交流の深層を物語っているが、前出、歴博刊行の図録の「エピローグ　文字文化交流の担い手」には、いみじくもつぎのように指摘されている。

「……日本列島における木簡文化の本格的な展開が七世紀後半であったとすれば、この時期の百済・高句麗の滅亡といった朝鮮半島の動乱と、それにともなう大量の人口移動は、日本列島の文字文化の担い手を想定するうえで、軽視できない。」

なるほどと肯首できる見解であるが、ここで想起していただきたいのは、私が本書の中で幾度か引用した万葉学者・中西進氏の所説である。

「そもそも、万葉集を出発せしめたものが、古代朝鮮からの衝撃力であった。……あの白村江の戦いがなければ、万葉集もなかったかも知れない。」（『万葉の時代と風土』）

まさに七世紀後半、すなわち六六〇年に百済王朝は唐帝国と新羅の連合軍によって滅ぼされたが、六六三年、倭国の支援を得て再興を期した「白村江の戦い」で大敗し、最後の夢も潰《つい》えてしまった。

そうして亡国百済の王侯貴族や文武官僚、学者や文化人、一般民衆がなだれをうったように大挙、倭国へと移住したのであった。

この百済の渡来人勢力が倭国政府の庇護をうけ、政治・経済・外交・軍事・科学・文化のパイオニアとして活躍し、文字文化を発展させて万葉仮名を生み、万葉歌の世紀をつくり上げたのである。

そうした波瀾万丈の歴史的経緯から見ても、『万葉集』に収められた四千五百余首の詩歌は、まさに世界に類例のない人間讃歌のアンソロジーであると言えるであろう。

それゆえ私は、かねてから『万葉集』を世界文化遺産にしようと説いているが、ユネスコの世界遺産リストに登録されるための「評価基準（iii）」には、つぎのように記されている。

「現存するか消滅しているかにかかわらず、ある文化的伝統又は文明の存在を伝承する物証として無二の存在（少なくとも稀有の存在）である。」

ならば、世界無二の『万葉集』は、この「評価基準」に当てはまらないのであろうか。また「世界記憶遺産」の方は、歴史的な文献を対象としているのであるから、これは全的にあてはまるであろう。

以上、縷々《るる》と述べてきたが、最後に『万葉集』を世界文化遺産に――と切望しつつこの筆を擱《お》きたい。

あとがき

1

本書は、ひとことで言えば、人生八十有余年の旅路を歩む一在日コリアンの約半世紀におよぶ「万葉私記」である。

いささか私事にわたるが、私と『万葉集』との出会いは、戦前、小学生の頃に歌わせられた「海ゆかば」であったが、戦後、中学・高校のときに教科書で万葉名歌を学び、大学時代に私はようやく万葉歌の源流と形成・発展などを追究する道へ進んだと言えるだろう。

その意味で、いまも記憶に新しいのは、法政大学文学部日本文学科で学んだ日々のことである。当時、日本文学科では近藤忠義・小田切秀雄・西郷信綱・荒正人・廣末保・小原元といった錚々《そうそう》たる教授連が教壇に立ち、学生たちの研究心を高めていた。

折しも当時の日本は学生運動が激しさを増し、一九五二年の「血のメーデー」以来、全学連の集会、デモは連日のごとく展開されていた。かく言う私も、登校すれば学生自治会の呼びかけでスクラムを組み、教室で受講する日々は少なくなっていったが、教授を囲む文学研究グループの活動はおろそかにしなかったと思う。

こうして一九五六年三月、私は卒論『日本における朝鮮文学の歴史的意義とその諸問題――可能性の文学として――』（「日本文学誌要」所収。一九五七年十二月一日発行）を書き上げたのである。

そして卒業後、東京朝鮮中・高級学校で日本語を担当した私は、教職のあいまをぬって日本の近代文学研究をつづけたが、いまでも忘れられないのは一九六二年、作家の中野重治氏とともに、歴史シンポジウム「日本文学にあらわれた朝鮮観」（日本・朝鮮研究所主催）に報告者として出席し、熱心な討論をくりひろげたときのことである。

そのような道のりを経て、私は一九六九年十一月、最初の著作『近代日本文学における朝鮮像』（未来社刊）を出版し、望外の好評を得たのであった。その序文には、つぎのようなくだりがある。

「周知のように、日本文学はその一つの側面として、古代からさまざまなかたちで朝鮮《チヨソン》をとらえ、朝鮮民族の像を刻んできた。そしてそれは、断片的であるように見えながらも体系的なものをひめ、変化しながらこんにちにおよんでいる。」そしてこうつづけている。

『古事記』や『日本書紀』に頻出する朝鮮関係の記述はさておくとしても、『万葉集』に見られる具体的な文学形象――たとえば、麻田連陽春の「韓人《からひと》の衣染《そ》むとふ紫のこころに染みて念《おも》ほゆるかも」という歌や、山部宿禰赤人の「百済野《くだらぬ》の古枝《ふるえ》に春待つと居りし鶯鳴きにけむかも」という歌、あるいは「栲衾《たくぶすま》　新羅《しらぎ》へいます君が目を今日か明日かと斎《いは》いて待たむ」（作者未詳）という素朴な歌などは、古代日本人の日常生活にまでかかわった一つの「朝鮮」の姿をよくしめしているといえよう。……

少々長く引用したが、この時点で私の『万葉集』に対する視角はほぼ定まっていたと言えるであろう。

その間、私は在日作家の金達寿《キムダルス》、詩人の許南麒《フォナムギ》氏らとともに歴史散歩をつづけたが、ゆかりの名刹・深大寺（東京調布市）の庭で、余命軍《ヨミヨングン》の万葉歌を発見したときの喜びは記憶に新しい。そして対馬から東北まで旅しながら、万葉歌の故地を訪ねたことは大きな意義があったと確信している。

2

それから数十年の歳月が流れ去ったが、私が在日コリアンの月刊総合誌『統一評論』（一九六一年四月創刊）に、長年の構想にもとづく研究論文『古代朝鮮と万葉の世紀——その歴史と文学の朝鮮像』を連載しようと思い立ったのは、二〇〇九年十一月のことであった。

それは私がかつて、前記の『近代日本文学における朝鮮像』を初めとして、『紀行・朝鮮使の道』（一九七二年・新人物往来社刊）や『古代朝鮮文化と日本の旅』（一九八九年・明石書店刊）などの著作を通じて、朝鮮と日本の数千年におよぶ善隣友好の歴史を明らかにしてきたからである。

そこで今回は、その歴史的交隣関係の源流を追究すべく、世界に類例を見ないアンソロジー、『万葉集』全二十巻を取り上げ、古代朝鮮と万葉の世紀を私なりに浮き彫りにしようと考えたのである。

こうして私は、『統一評論』編集部にその執筆構想と連載プランを伝えたところ、幸いにも快諾を得たので、直ちに、それこそ老骨に鞭《むち》打って、まさに広大無辺、千姿万態の深山幽谷にでも分け入るような心境で執筆にとりかかったのである。

むろん、それは至難のわざであった。何しろ今日、『万葉集』は英・仏・独・中国・朝鮮をはじめ、チェコ、ポルトガルなど数多くの外国語に翻訳・出版されているだけでなく、万葉学研究に取り組む内外の学者たちも数知れないほど多いと聞く。

しかも、彼らの『万葉集』に関する研究書・論文・エッセイなどの作品類はまさに「汗牛充棟」、つまり、おびただしいほど膨大な数にのぼっているという。

したがって、私の執筆作業は当初から難航をきわめたが、初志貫徹の意気込みで連載第一回目の「序章」部分を書きあげ、編集部へ送稿したのである。二〇〇九年十二月初旬のことであった。

そうして一息つく間もなく、第二回目の原稿にとりかかったが、自分の体調に少々異変があったので、念のためにと近くの病院で診察してもらうことにした。毎年行なわれた市の検診では「とくに異常なし」であったから、私は特別心配することもなく診察結果を待った。

ところが、である。担当のM医師は何と、内視鏡検査の結果、進行性の胃がんであることが判明したので、一刻も早く都内の専門病院で手術する必要がある、と言ったのである。

予想だにしなかった突然の「がん宣告」。まさに「晴天の霹靂」で、私が愕然としたのは言うまでもない。そこで私は考えあぐねた末、まず急いで目前の第二回目の連載原稿を書き終えて送稿すると、連日、都内のがん専門病院探しに懸命になったが、日赤あたりでもがん手術は二～三ヵ月待ちと言うのであるから、都内のがん患者数がいかに多かったかが分かる。

　こうして私は、友人諸兄の尽力によって豊島区の大塚北口診療所（河一京院長）を紹介され、九死に一生を得る道すじを探し当てたのであった。そして間もなく、大塚北口診療所に緊急入院した私は、いつも凜然《りんぜん》とした印象の河院長直々の精密検査をうけた結果、同診療所の関連施設である東京北部病院（金良一院長）で手術をうけることになったのである。

　当初、病院関係者から私の「余命は三ヵ月くらい」と聞かされていた家族や親戚縁者たちは、その手術に、一縷《いちる》の望みを托す日々を送ったという。

　そうしたさなか、私は統一評論新社の崔錫龍《チェソクリョン》社長に電話をかけ、がん手術に至った経緯を詳しく話し、残念ながら連載原稿は中断のやむなきに至ったと伝え、諒承と激励をうけたのであった。

　このようにして私は、二〇一〇年一月二十九日、東京北部病院において、河一京院長をはじめ大原成官医師、そして多くの医療スタッフの献身的な尽力によって、二時間余の手術を無事、終えることができたのである。「医は仁術なり」という古語は、いまなお生きていると私は思う。

3

　その後、私は一ヵ月余の入院・手術・治療生活を終えて退院すると、真っ先に、中断していた雑誌連載の原稿を書きはじめた。そして第三回目の原稿を二〇一〇年六月号に載せたときの喜びは、何にもかえがたいものであった。

　むろん大塚北口診療所への通院・加療の生活はつづいたが、ある日、河院長から、「がんは見えない敵ですから、油断せずにがんばって下さい」と言われたことは、いまでも忘れずに反芻している。
こうして執筆作業が順調に進められ、軌道に乗ったかと思われたある日、これも突如、襲って
きたのがあの巨大地震——東日本大震災だったのである。
そのとき私は、朝から連載原稿にとりくみ、昼食をとって休んでいたのだが、あまりにも激し
い震動のため外へ飛び出したほどであった。しかもその後、この巨大地震の余震は止むことなく、
執筆中にも幾度となく襲ってくるのだから、書きつづける気力が失われるのは言うまでもない。
まさに「内憂外患」であったが、私にはなぜか日本の大地震と奇妙な縁があるらしい。記憶を
たどってみると、私が生まれた月（一九三三年八月）には東北の三陸地域大地震（M８・１）が起こ
り、その大津波で約三〇〇〇人の死者・行方不明者が出たという記録がある。
また愛知県東春日井郡の小学校で午後の授業をうけていたときは東南海地震（一九四四年十二月。
M７・９）が発生。「早く逃げろ！」という先生の叫びで一斉に運動場へ飛び出したが、地面がま
るでブランコのように揺れていた記憶はいまでも生なましい。
ところが、この敗戦直前の日本の大地震とその被害状況は、日本軍部の策謀によっていっさい
報道されなかった。なぜなら彼らは半田市の中島飛行機製作所が地震で崩壊し、動員されていた
学生たちが多数死亡した事実を隠蔽しようとしたからだという。
その真相は、NHKの特集番組「戦争証言・封印された大地震」（二〇一一年八月）でも明らか
にされたが、見逃せないのは、このとき日本軍部の地震隠蔽策を見ぬいた米空軍がB29の大編隊

を組んで、同地域への大空爆を敢行した事実である。

当時、名古屋市近くでそれを目撃した私は、いまでも地面が余震で大揺れに揺れ、空からはB29の爆弾が雨あられのごとく降りそそいだ恐ろしい光景が忘れられない。

ともあれ、一時、再入院したときも震度3に見舞われた私だが、友人諸兄の励ましもあって執筆をつづけ、その最終稿を『統一評論』二〇一二年三月号に掲載することができたのである。

4

その後、私は通院加療に専念していたが、知人や友人の中から、連載原稿をまとめて出版してはどうか、というような声が上がりはじめた。

むろんそれは、筆者にとっては当然の願望であり、かつまた義務でもあるのだが、私は躊躇した。なぜかと言うと、それはまず筆者自身が闘病中であること、そしてメディアでも大きく取り上げられているように、現今の日本における出版状況のきびしさ、があったからである。

まず、若者がスマホとやらに夢中で本を読まないとか、まじめな本が売れない、やがて活字文化は終わるだろう、などといった声が大きくなっていく現実があった。

かてて加えて、日本の主要都市におけるヘイトスピーチ（差別的憎悪表現）デモの騒乱がつづき、「反北・嫌韓」の異常なまでの排外主義が公然と横行していたからである。私が二の足を踏んだのもやむを得ないであろう。

そんなとき、朝日新聞（二〇一四年十一月三日付）に、高津祐典記者の、「R・キャンベルさんと聞くヘイトスピーチ」という見出しの記事が載った。

それによると、日本文学研究者のロバート・キャンベル東京大学大学院教授は、新宿で行なわれたヘイトスピーチデモを目撃し、彼らが「韓国を壊せ」「ゴキブリ朝鮮人をたたき出せ」と叫んでいるのに驚き、あきれている。

一方、歩道ではデモに反対する人たちが、「レイシスト（人種差別主義者）帰れ」「ヘイトやめろ」と叫んでいたという。R・キャンベル教授は、つぎのように語っている。

「在日の人たちの表現活動を抜きに、文学や映画、舞台などの芸術は語れない。日本に寄り添いつつ、同化しないそのあり方が文化の多声性を生み、訴求力を高めた。……在日の人を排除すれば日本の文化はやせ細るでしょう。」

まさに、襟を正して傾聴すべき見解であり、現代人の共感を得る知性の良心であると言えよう。

そうしてふと、私は思った。もし泉下の万葉人がヘイトスピーチの事実を知ったなら、彼らはそれを一斉に叱咤し、「万葉人の友情と人間讃歌の時代精神を取り戻すべし」と諭すに違いない、と。

ともあれ、最後になったが、私は、このたび出版の労をとって下さった影書房の松本昌次さんをはじめ、つねに協力と励ましをよせてくれた統一評論新社の崔錫龍さんと多くの友人諸兄のみなさんに、心からの感謝とお礼を申し上げたいと思う。どうも、ありがとうございました。

二〇一五年の新春を迎えて

朴　春　日